FANTASY STORY

고랭지 판타지 장편소설

디펜스 게임의 군주가 되었다

디펜스 게임의 군주가 되었다 제1권

초판 1쇄 인쇄일 | 2025년 01월 01일
초판 1쇄 발행일 | 2025년 01월 08일

지은이 | 고랭지
발행인 | 조승진

편집기획팀 | 이기일, 김정환
출판제작팀 | 이상민

펴낸곳 | 데이즈엔터(주)
주소 | (07551) 서울, 강서구 양천로 570, NH서울축산농협 NH서울타워 19층(등촌동)
전화 | 02-2013-5665(代) | **FAX** 032-3479-9872
등록번호 | 제 2023-000050호
홈페이지 | www.daysenter.com
E-mail | alldays1@daysenter.com

ⓒ 2025, 고랭지

ISBN 979-11-7309-577-1
ISBN 979-11-7309-574-0 (세트)

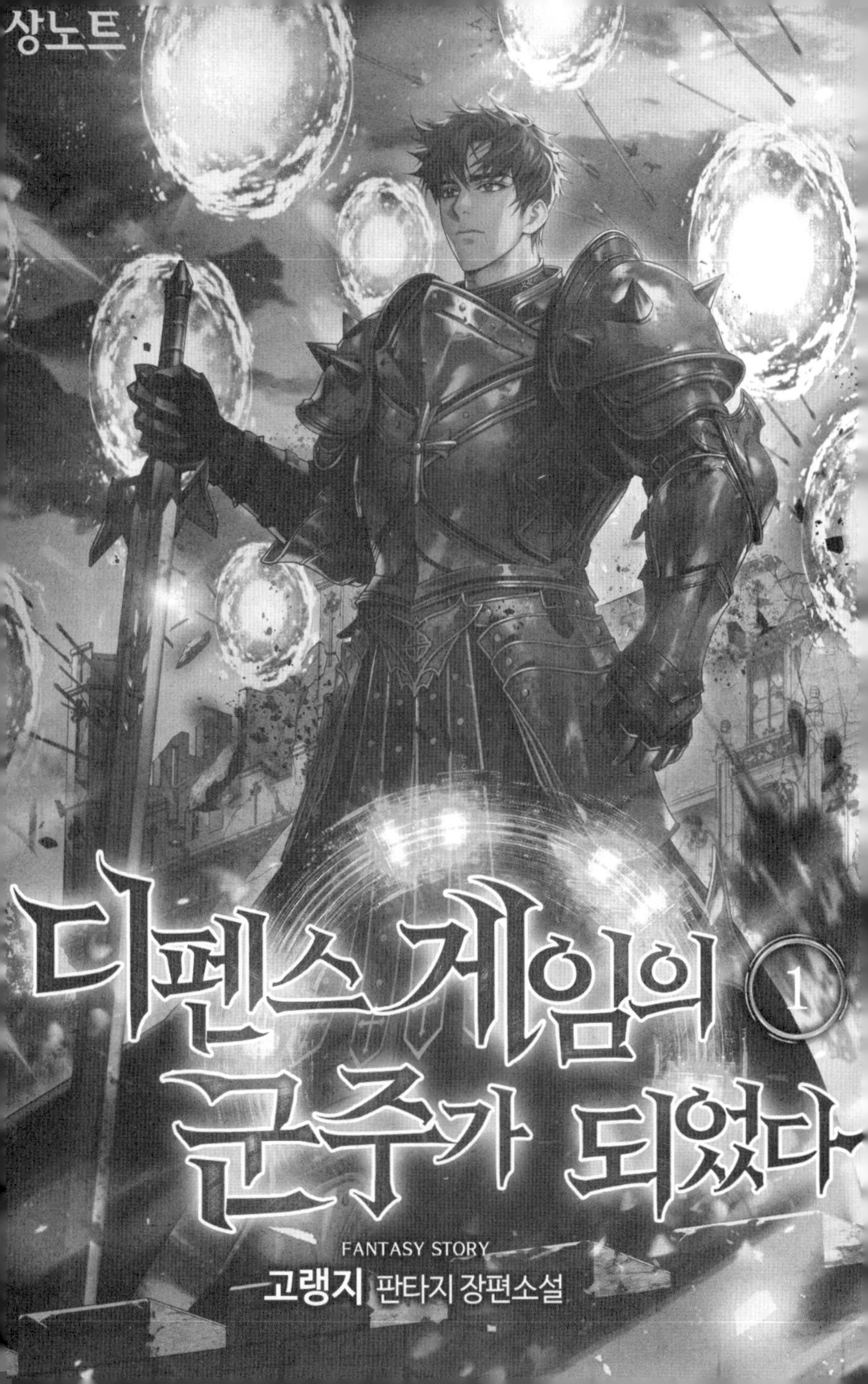
상노트
디펜스 게임의 군주가 되었다
1
FANTASY STORY
고랭지 판타지 장편소설

디펜스 게임의 군주가 되었다

프롤로그

전용 면적 약 6평.

이유성이 살고 있는 원룸이다.

"……."

쓰레기 더미가 가득한 방은 발 디딜 틈도 없었다.

한쪽 구석에는 각종 독촉장이 쌓여 있었다.

전기세 미납.

가스비 미납.

통신비 미납.

미납, 미납, 미납.

이유성이 원하던 삶은 이런 것이 아니었다.

그에게도 한때는 청춘에 부푼 꿈이 있었다.

몇 년 전에는 작은 회사에서 열심히 일했으며, 그만큼의 인정도 받았다.

회사의 사장은 언젠가 상장하게 되면 반드시 보답하겠노라고 희망을 심어 주었으며, 많은 직원들은 회사를 자신의 사업처럼 아꼈다.

이유성도 그런 성실한 직원 중 하나였다.

그러다 문제가 생겼다.

직급과 연차가 쌓여 가던 어느 날, 코로나가 터지면서 회사의 사정은 어려워졌고 경영진이 구조 조종을 시작한 것이다.

연차가 많이 쌓인 10년 차 이상 직원들이 그 대상으로 거론되었다.

회사에서는 이유성에게 퇴사를 '권고' 했다.

권고 퇴직을 하게 되면 두둑한 퇴직금을 받게 될 것이지만, 권고를 무시하면 각종 불이익이 있을 거라는 협박과 함께.

누구보다 애착을 가지고 열심히 일했던 회사로부터 권고 퇴직을 당하자, 이유성은 세상에 나가기가 두려워졌다.

32살의 그가 3년 동안 두문불출하며 게임만 하게 된 배경이다.

가족과 친구, 지인과 연락을 끊었으며 스스로 고립했다.

요즘 사회적으로 많은 문제가 되는, 쉬는 청년이 되어 있었다.

그게 이유성 본인이 될 줄은 몰랐다.

"오늘부터 새롭게 살자."

이유성에게 다시 움직일 원동력이 생긴 것은 자신을 잘 랐던 회사가 결국 부도났다는 소식을 듣고 나서였다.

능력이 부족해서 잘린 것이 아니라고 생각하니, 마음이 한결 편해졌다.

그는 며칠을 고민한 끝에, 하던 게임들을 정리하고 새사 람이 되기로 했다.

이 좁은 방에서 종량제 봉투 100L 10개가 쓰레기로 나 왔다.

지금껏 어떤 삶을 살아왔는지 보여 주는 증거품들이었다.

청소를 하고 나자 마음까지 뿌듯해졌다.

"지금껏 뭐가 그렇게 두려웠던 건지."

이유성은 청소를 끝내고 3년을 갈아 넣은 온라인 게임을 정리했다.

간만에 은행까지 방문해 통장과 카드를 발급받았다.

"300만 원이라."

쓴웃음이 절로 나왔다.

3년을 허비한 게임의 가치가 고작 한 달 월급 수준이었 다니.

집으로 돌아가 일자리를 알아봐야겠다고 생각하던 이유 성의 눈에 복권방이 들어왔다.

[미국 로또 슈퍼볼 이월 당첨금 2조 원!]
[진정한 인생 역전에 도전하세요!]

"2조!? 저게 말이 되나?"

좀처럼 믿기가 어려웠다.

한국에서 로또는 인생을 역전하기 어려운 돈이라고들 한다.

물론 가난한 흙수저 청년에게는 어마어마한 금액이었지만, 서울에 아파트 한 채 장만하기가 힘들다고.

하지만 2조 원이라면 어떨까.

세금을 아무리 두드려 맞아도 인생 역전을 하기에는 충분하고도 남는다.

물론, 이유성이 두문불출하며 집 안에 틀어박힌 '쉬는 청년'이 되었다지만, 요행을 믿는 편은 아니었다.

그저 만 원으로 좋은 꿈을 꿀 수 있다면 괜찮은 투자가 아닐지.

복권방 사장에게 물으니 몇 개월 동안 당첨자가 나오지 않아 2조 원이나 쌓인 것이라고 한다.

못 믿겠으면 직접 검색해 보라고 첨언했다.

이유성은 대충 지갑에 용지를 구겨 넣고 집으로 돌아왔다.

깔끔해진 원룸.

한때 성공할 수 있으리라는 포부를 안고 살아가던 그 시절의 모습이었다.

이유성은 컴퓨터에 앉았다.

커서가 방패 모양의 아이콘에 멈추었다.

"정말 미친 듯이 했지."

디펜스 워: 신들의 전쟁

줄여서 디펜스 워.

싱글 게임이지만 워낙 인기가 많아 온라인 게임으로도 출시되었다.

유일한 천신의 사도가 되어 세상을 구한다는 내용으로, 극한 난이도의 디펜스 게임이라고 보면 된다.

매우 불친절했으며 미친 난이도를 자랑한다.

이유성은 이 게임을 하면서 본인에게 잠재되어 있던 '변태성'을 깨달았다.

실제로 부숴먹은 키보드가 3개였으며, 유저들 사이에서도 악명이 자자했다.

그럼에도 독보적인 게임성을 인정받아 많은 하드코어 유저들에게 사랑을 받았던 그 게임이었다.

"내일 지우자. 그리고 새롭게 시작하는 거야."

워낙 애착을 가지고 있던 게임이라 하루 정도는 더 마음의 준비가 필요했다.

게임 삭제를 하루 미룬다고 해서 새사람이 되겠다는 각

오가 어디 가는 것은 아니었으니까.

이유성은 침대에 누웠다.

스르륵 눈이 감겨 왔다.

그는 꿈을 꾸었다.

미국 로또에 당첨되어 폼 나게 살아가는 실감 나는 꿈을.

다음 날 오후.

거의 24시간을 잠들어 있었던 것 같다.

폐인처럼 게임을 하며 밤을 지새우기 일쑤였으니, 그동안 미루어 왔던 잠을 푹 자고 컨디션을 회복한 느낌이었다.

컴퓨터 앞에 앉은 이유성은 방패 문양의 아이콘에 커서를 올렸다.

"아, 맞다. 슈퍼볼."

지금쯤이면 시차를 고려해도 추첨이 끝났을 것이다.

인터넷 창을 열자, 슈퍼볼에 대한 웹 기사가 대문짝만하게 실려 있었다.

[미국 역사상 최대의 당첨금, 그 행운의 주인공은 한국인?]

[슈퍼볼 구매 대행업체에서는 한국에서 당첨자가 나왔다는 사실을 확인해.]

[2조 원, 그 행운의 주인공은?]

"누군지 몰라도 운이 억세게 좋네."

이유성은 피식 웃었다.

한국 로또는 답이 없다고 생각한 사람들이 구매 대행업체를 이용해 슈퍼볼을 많이 구매하는 추세란다.

중개 수수료와 엄청난 세금이 붙지만 당첨이 되었을 시, 10억 단위의 돈이 아니라 전정한 인생 역전이 가능해지는 것이다.

물론 이유성은 자신이 당첨되었을 것이라고는 생각지 않았다.

요행과 노말 모드 인생은 별나라 이야기였으므로.

대충 10만 원 정도만 당첨이 되어도 매우 큰 행운이 아닐까.

[5, 14, 27, 68, 55, 1(메가볼)]

이유성은 용지 맨 아랫단의 숫자와 슈퍼볼 숫자를 확인했다.

"내가 꿈을 꾸나?"

어쩐지 두 숫자가 일치하는 것 같았다.

다시 용지와 당첨 번호를 확인했다.

"씨발?"

몇 번이나 번호를 맞춰 본 후에 정말로 당첨되었다는 것을 확인했다.

"커! 커억!"

갑자기 숨이 멎을 것 같았다.

심장이 미친 듯이 뛰고 아드레날린이 폭발했다.

온몸을 적시는 도파민 덕분에 뇌가 약에 절여진 것 같은 느낌이었다.

짜악!

뺨을 쳐 봤다.

꿈이 아니다.

진정으로 2조 원이나 되는 어마어마한 금액에 당첨되었다는 뜻이다.

인생 이지모드가 시작되는 순간이었다.

이유성은 무릎을 꿇고 양손을 모았다.

"하느님, 부처님, 옥황상제님! 정말 감사합니다! 앞으로 착하게 살겠습니다!"

이유성은 종교를 믿지 않는 주의였지만, 지금 상황이 신의 개입이 아니라면 대체 무엇이란 말인가?

간증(?)의 소재로 나올 법한 기적이었다.

이유성은 간신히 진정한 후, 컴퓨터 앞에 앉았다.

마우스를 쥐는 순간 수많은 생각들이 머리를 스쳤다.

흥분으로 인해 여전히 손이 덜덜 떨려 왔다.

"이제 게임은 끊고 진정한 새사람이 되어 보자."

달칵.

[디펜스 워: 신들의 게임을 삭제하시겠습니까?]
[Y/N]

"삭제."
이유성은 삭제 버튼을 눌렀다.
그러자 새로운 메시지가 떴다.

[정말 삭제합니까?]
[경고: 당신은 베일리의 선택을 받았습니다.]

눈살이 찌푸려졌다.
가끔 프로그램을 삭제하려 하면 몇 번이나 되묻는 경우
가 있기는 했다.
디펜스 워가 그런 식인 것 같았다.

[정말 삭제합니까?]
[경고: 삭제 후 발생하는 모든 일들은 본사가 책임지지
않습니다.]

"삭제한다고!"
[경고!]
[경고!]

[경고!]
[당신은 베일리의 선택을 받았습니다.]

그 순간.
눈앞이 암전되며 이유성의 몸이 찬란한 빛에 휩싸였다.

"커억!"
눈을 뜬 이유성은 엄청난 격통에 정신을 치리지 못했다.
온몸이 부서지는 것 같았다.
주변을 둘러보니 피 칠갑을 하고 있는 사람들이 보였다.
녹색과 붉은 살점이 붙어 피비린내를 풍기는 사람들.
목재로 되어 있는 투박한 천장이 보였다.
이유성을 내려다보고 있는 자들의 복장이 웬 중세 영화
를 찍고 있는 촬영 현장인가 싶었다.
"씨발! 여긴 어디예요? 당신들은 누구……?"
"소영주님! 괜찮으십니까?"
"정신이 드십니까!?"
"신관! 신관은 어디에 있나! 소영주님께서 깨어나셨다!"
"당신들 누구냐고!"
"소영주님께서 정신이 혼미하신 듯하다!"
정신이 하나도 없었다.
이쯤 되자 별의별 생각이 다 들었다.

이유성은 2조 원에 달하는 슈퍼볼에 당첨됐다.

워낙 금액이 커서 이걸 받는 순간, 세상에 까발려질까 싶은 걱정도 들었다.

한국에서도 당첨금이 수십억에 달할 때에는 별의별 곳에서 전화가 걸려왔다지 않던가.

당첨금이 2조 원이면 어떻게든 추적해서 납치할 수도 있겠다는 생각마저 들었다.

하지만.

'뭔가 다르다.'

납치로는 현재의 상황을 설명할 수 없다.

한눈에 보아도 중세풍이 물씬 풍기는 실내.

기사로 보이는 자들이 주변을 맴돌았다.

그러다 이유성은 한참이 지나서야 이곳의 풍경이 익숙하다는 것을 깨달았다.

이건 꿈일 거라고 부정해 보았지만, 워낙 격통이 심해 도저히 현실 부정을 할 수 없는 상황이었다.

호들갑을 떠는 기사들의 틈에서 이유성은 보았다.

디펜스의 상징인 타이머가,

[47:59:59]

"씨발, 되돌려 놔! 내 인생 돌려놓으라고!"

제1장
현실 직시

처음에는 꿈인 줄 알았다.

아니, 꿈이라고 믿고 싶었다.

상식적으로 게임 속으로 빨려 들어온다는 것이 현실에서 일어날 수가 있는 일인가?

사실이라면 웹 소설의 흔해 빠진 클리셰다.

이유성은 정확하게 하루를 날리고 나서야 현실을 직시했다.

게임을 삭제하던 순간에 빛이 터지며 일종의 차원 이동과 빙의가 되었음을.

이 순간은 디펜스 워의 도입부에 해당한다.

천신과 마신의 대립은 인간계로 확산되었으며, 전 대륙이 환란에 빠져 모든 제후가 각자도생하게 된다는 내용이다.

얼마 전에는 주인공이 속한 영지로 국왕의 전서가 도착했다.

[본 국왕은 제후들을 지킬 힘을 잃었다. 대륙 각 왕국들의 상황도 마찬가지이며, 그 어느 세력도 지원을 해 줄 수 없다. 부디 신의 시험을 극복하고 살아남기를 바란다.]

대륙 멸망의 시작이었다.

가이안 대륙의 모든 영지에 몬스터 웨이브가 일어나 힘겹게 버티고 있었으나, 각지의 상황이 어떻게 되는지는 알 수 없었다.

주인공의 영지는 산간벽지라 어느 정도 버틸 여력이 있었다는 것.

무대는 인구 2천에 기사 셋, 병사 50명으로 이루어진 남작령이었으며, 주인공은 이 작은 영지의 소영주로서 깨어난다.

당연하게도 상황은 좋지 않았다.

얼마 전의 전투에서 영주 알폰소 오라클 남작이 사망하였으며, 그 과정에서 소영주인 아론 오라클 역시 큰 부상을 입으며 쓰러졌다.

신의 기적이 일어나 아론 오라클이 영주의 직위를 승계하며 게임은 시작된다.

으득!

이가 절로 갈렸다.

불친절함의 극치이자 최악의 난이도를 자랑하는 이따위 게임의 주인공으로 빙의하다니.

이런 설정은 게이머들이나 좋아하는 것이지, 현실로 일어나면 암울하기 짝이 없는 것이 당연했다.

이유성, 이제 아론이 된 그는 상태창이 존재하는지부터 확인했다.

"상태창."

아론 오라클 LV.1

직업: 신성 군주-베일리의 사도.
스킬: 신성의 오라 LV.1
스탯: 체력(5) 정신(5) 힘(10) 민첩(5) 지혜(3) 신성력(1)

"이런 식이었지."

상태창이라도 있는 것이 다행이라고 할까.

다른 기능들은 레벨이 낮아 아직 볼 수 없었다.

아론은 눈을 감았다.

불행 끝 행복 시작이라고 확신하던 인생이었다.

이제 완벽한 삶을 살아갈 것이라고 여겼는데, 그 인생이

산산조각 났다.

그를 이곳으로 데려온 누군가를 향한 강력한 분노가 소용돌이쳤다.

"반드시 클리어 후 돌아간다. 그걸 방해하는 모든 것은 적. 설령 방해자가 신이라고 해도 죽일 것이야."

아론은 하루를 꼬박 요양(?)한 후에 일어났다.

천만다행으로 주인공의 기억과 융합되며 이 세계의 언어를 구사하지 못하거나 사람을 못 알아보는 상황은 일어나지 않았다.

이 와중에 언어 패치 실패나 기억 부재까지 겹쳤다면 굉장히 힘들었을 것이다.

"영주님! 괜찮으십니까?"

"그럭저럭."

"정말 다행입니다. 선대 영주님께서 돌아가신 상황에 영주님까지 잘못되셨으면 영지는 구심점을 잃었을 겁니다."

'이자가 마이어 단장인가.'

충직한 기사의 표본 마이어 제렌스.

이제 단 세 명만 남은 기사단을 이끌었으며, 병사를 통솔하는 역할을 한다.

아론은 영주성을 나와 게임 속 2D로 보던 세상과 실제의 세상이 매우 다름을 인식했다.

중세인의 형편없는 위생 관념을 보여 주듯, 거리는 치우지 않은 쓰레기와 오물이 넘쳐나며 부상을 입고 죽어 가는 사람들이 널려 있었다.

상처는 깨끗하지 않은 천으로 대충 싸맸다.

포션이라는 의학을 초월한 치료제가 없었다면, 다들 폐혈증에 걸려 사망했을 정도로 치료술이 형편없었다.

저벅. 저벅.

어제 비가 내렸는지 오물과 피가 섞인 진흙이 장화에 달라붙었다.

아론이 지나갈 때마다 영지민들이 무릎을 꿇으며 머리를 조아렸다.

반쯤 망한 세상이라지만 신분제가 철저하게 유지되고 있다는 증거다.

'상태가 좋지 않아.'

영지 전체의 사기가 저하되어 있었다.

웨이브가 한 번 더 일어나면 버틸 수 있을지 확신할 수 없다.

그렇지 않아도 극악의 난이도를 자랑하는 게임이었는데, 현실성이 더해지니 답도 보이지 않았다.

[23:45:12]

여전히 반투명한 타이머가 보였다.

웨이브까지 남은 시간이다.

그 안에 모든 준비를 마치지 못한다면 영지 전체가 쓸려나가며 죽는다는 의미였다.

선대 영주의 장례식장으로 향하는 길.

영지 광장에 세워진 여신상 주변으로 기도하는 사람들이 보였다.

절망의 끝에 선 자들은 신을 찾기 마련이다.

현대 지구에서도 그럴진대 신이 현존하는 세상이라면 무조건 기도하게 되어 있다.

허름한 옷을 걸친 영지민들은 신의 이름을 부르며 이 환란이 끝나기를 바랐다.

아론이 보기에는 전혀 도움이 될 것 같지 않았지만.

'신을 이용하는 것이 유일한 방법일지도 모른다.'

게임 속에서 플레이어는 유일한 신의 사도로서 권능을 발휘한다.

신성력을 사용할 수 있는 힘이 있다면, 신의 이름으로 하여금 사람들을 단결시킬 수 있었다.

아론이 무교라는 것이 문제였지만.

그는 신을 원망하기까지 했다.

'당신이 나를 이곳으로 이끌었나.'

아론은 여신상을 보며 속으로 웃었다.

무신론자, 어쩌면 배교자일지도 모르는 사람이 여신의 유일한 사도라니.

"영주님?"

"잠시 기도하고 간다."

"하오나 지금 장례식 준비가 끝나 모두 영주님을 기다리고 있습니다."

"아버지께서도 본인의 장례식보다는 여신께 기도를 올리는 것이 더 중요하다고 생각하실 거야."

"과연……. 알겠습니다."

저벅. 저벅.

영지 광장이라지만 흙바닥이었다.

영지민들은 흙바닥에 엎드려 기도를 올리다 영주가 다가오자 황급하게 머리를 조아렸다.

아론은 잠시 여신상을 바라봤다.

'베일리, 네가 나를 가로막는다면 당연히 베어 버릴 것이다. 그저 지금은……. 순순히 이용당해라.'

털썩.

아론은 여신상 앞에 무릎을 꿇고 기도했다.

"자애의 여신 베일리여, 당신의 충실한 종이 이 자리에서 간청하나이다. 절망의 가운데 희망을 보게 하시고 다만 악에서 영지를 구하소서."

절절한 음성이 흘러나왔다.

아론은 이 순간, 자신이 연기에 소질이 있음을 깨달았다.

마음속으로 부덕함을 품고 겉으로는 신실한 신의 종을 참칭하다니.

그리고 펼쳐지는 배덕함의 절정.

'신성의 오라.'

유일한 스킬이 발현되었다.

[사방 50m 내에 신성의 오라가 발현됩니다.]

[HP 회복률 +1]

[언데드에 대한 대미지 +1]

스킬이라고 할 것도 없을 만큼 미미한 힘이다.

하지만.

"오오! 여신의 기적이다!"

"여신께서 영주님을 굽어살피신다!"

"와아아아!"

아론의 주변을 은은한 신성력을 뿌리는 오라가 감쌌다.

따뜻한 느낌이 들면서 약간 몸이 회복되고 있었다.

그뿐이었지만 영지민들이 신의 힘을 체감하기에는 충분했다.

아론을 감싸고 있는 신성한 힘 역시 그러했고.

마이어 경조차 한쪽 무릎을 꿇고 성호를 그었다.

"가지."

"예, 영주님!"

마이어 경의 눈에 힘이 들어갔다.

초라한 장례식이었다.

애초에 중세 시대 정도의 문명이기에 많은 것을 기대할 수는 없다.

아무런 일이 벌어지지 않더라도 힘든 세상에, 악신이 일으키는 몬스터 웨이브가 일어나 영지의 인구 3할이 감소한 참이었다.

여기저기 망가진 주택과 반쯤 주저앉은 목책.

거리에는 부상자와 시신이 넘쳐나며 인력이 부족해 치울 생각조차 못 하고 있었다.

이런 상황에서는 장례식이 화려할 수 없다.

선대 영주의 시신은 나무 궤짝에 대충 넣어 두었다.

아론은 관을 닫기 전, 처참하게 뜯겨 나간 육신을 보았다.

얼굴 반쪽이 함몰되었으며, 사지가 찢기는 바람에 몸과 팔다리를 대충 짜 맞춰 넣었을 뿐이다.

여전히 관에서는 피가 뚝뚝 떨어졌다.

사지를 봉합하지 못하는 것은 워낙 거칠게 뜯겨 나갔기 때문이다.

꼼꼼하게 시신을 처리할 시간이 없기도 했고 말이다.

"흑, 흐으윽."

선대 영주의 죽음에 많은 이들이 슬퍼했지만 유독 눈에 들어오는 존재가 있었다.

'주인공의 유일한 혈육 레냐 오라클.'

그녀는 올해 15살로 매우 연약한 육체와 마음을 가지고 있다.

아론이 여동생에게 신경을 쓰는 이유는 측은지심이 일어나서가 아니다.

레냐는 이 육체의 혈육이었지, 진정으로 피가 섞인 남매는 아니었으니까.

그가 신경 쓰는 이유는 따로 있었다.

'레냐는 영지의 유일한 마법사지. 아직은 1서클 마법을 사용할 뿐이지만 튜토리얼을 클리어하기 위해서는 반드시 필요한 인재다.'

아론은 다소 굳은 얼굴로 레냐의 머리를 쓰다듬었다.

"슬퍼 말거라."

"오빠……?"

"우리는 귀족이다. 영지의 구심점이 되어야 하지. 네가 무너지면 이 영지도 무너진다."

"저는……."

"울지 말고 마음을 굳건히 해라. 우리는 아버지께서 남기신 영지를 지켜야 할 의무가 있다."

"네⋯⋯. 알겠어요."

아론의 연기가 통했을지 모르겠다.

그녀가 울음을 멈추고 허리를 세운 것을 보니 깊은 생각에 잠긴 모양이다.

"매장해라."

관 뚜껑이 닫힌 후 시신이 매장되었다.

이것으로 장례식은 끝났다.

아론은 뒤를 돌아봤다.

기사와 병사들, 많은 영지민들이 몰려와 있었다.

슬퍼하는 사람이 많은 것으로 보아 선대 영주의 치세가 나쁘지 않았던 모양이다.

현재 영주가 된 아론에 대한 인식도 마찬가지였다.

멸망해 가는 세상의 유일한 구심점이라는 '설정'이었으니, 영지에 제대로 된 지배력을 행사하지 못한다면 클리어 자체가 불가능했다.

이런 상황에서는 신의 말씀에 호소하는 것이 가장 설득력 있었다.

신의 권위를 빌리는 것.

현재의 상황을 '고난의 시험'이라 설정해야 한다.

아론은 사람들을 바라보며 목소리에 힘을 주었다.

"우리는 멸망의 끝에 서 있다. 국왕 폐하께서도 왕국을 포기하셨으며, 전 대륙이 악신의 손아귀에 놀아나고 있는 상황이다."

"……."

"허나 여신께서 말씀하셨다. 우리는 살아남을 것이라고!"

"오오!"

웅성웅성.

약간의 소란이 일어났다.

역시 신을 들먹여야 효과가 있었다.

인간의 권위보다는 신의 권위가 월등하게 높은 세상이었으므로.

"여신께서 계시하셨으니, 나는 그 말씀에 의지해 영지를 지킬 것이다. 우리는 생존을 위한 투쟁에 들어간다. 싸울 수 있는 남자는 모두 검을 들어라! 여자들은 화살을 만들고 목책 위로 돌을 올려라. 영지가 가진 모든 역량을 동원해 반드시 살아남는다."

영지민들의 의지가 굳건해졌다.

매우 긍정적인 현상이었다.

모두가 절망하였다면 아론도 다른 방법을 찾아보았을 것이다.

[20:40:13]

남은 시간은 이제 하루 남짓.

장례식을 마친 아론은 선대 영주의 모든 권력을 물려받았다.

영지민들은 총력을 기울여 전쟁 준비를 했다.

20시간 안에 그게 가능할지는 모르겠지만 최대한 준비할 예정이었다.

"그럼에도 부족하다."

아론은 집무실에서 군사 지도에 집중했지만, 시작부터 최악의 난이도라는 튜토리얼을 넘길 수 있을지 확신이 서지 않았다.

아무것도 없는 초반은 넘기기가 꽤 힘들다.

튜토리얼 보상이라도 받았다면 모르겠지만.

똑똑.

"들어와."

"저예요."

"레냐?"

육신의 혈육이자 영지 유일의 마법사.

원작에서는 전투에 참여하지 않아 더욱 튜토리얼을 클리어하는 것이 어려웠다.

몇 번이나 도전하던 끝에 키보드를 박살 낼 뻔한 적이 있었을 정도로.

그녀는 아론의 조언을 받아들여 마음을 굳혔다.

"저도 참전하겠어요."

물론, 마법사가 참전한다면 난이도는 달라진다.

제2장
보상

레냐는 영주의 집무실을 나왔다.

붉게 상기되어 있는 얼굴.

그녀는 혈육과의 대화를 통해 자신을 둘러싸고 있는 두려움의 껍질을 깼다.

[오빠는 두렵지 않나요?]

[두렵지. 아직도 온몸이 찢어지는 격통이 선명하다.]

[그런데도 어떻게 싸울 생각을 하셨어요?]

[내가 무너지면 영지가 무너져. 어떤 두려움에 처하더라도 백성을 지키는 것. 그것이 바로 귀족의 의무이며 아버지의 유지다.]

[아빠의 유지…….]

[어머니께서 돌아가시고 힘들었던 걸 알고 있다. 지금까지는 괴로워했더라도 철저하게 감정을 숨겨야 해.]

[앞으로 저는 누굴 의지해야 할까요?]

[나를 의지하도록 해라.]

그녀의 오빠이자 영주는 피의 대가를 지불할 때가 왔다고 말했다.

그것이 이 땅의 귀족으로 태어난 의무라고.

영주성 밖으로 나오자 다들 합심하여 일하는 모습이 보였다.

아낙들은 화살을 만들었으며, 대장간에서는 연신 불길을 뿜어냈다.

움직일 수 있는 자들은 돌이라도 하나씩 들고 목책 위에 올렸다.

목수들은 동분서주하며 목책을 수리하였으며, 병사들은 영지민들을 지휘했다.

잠시 후 영주가 목책 위로 올라왔다.

은은하게 퍼지는 후광.

많은 영지민들이 영주의 등을 바라보며 두 손을 모았다.

"아가씨, 영주님께서 많이 바뀌셨습니다."

"레미나 경."

영지의 여기사이자 행정관인 레미나는 레냐가 어린 시절

부터 친하게 지내왔다.

지금으로서는 혈육 이외에 마음을 터놓을 수 있는 유일한 친구였다.

"선대 영주께서는 현 영주님의 나약함을 많이 지적하셨죠. 기억하시는지요?"

"사람은 바뀌기 마련이야."

"영주님께서 깨어나셨을 때, 분위기가 너무 바뀌셔서 뭔가 문제가 터진 줄 알았습니다."

"오빠는 책임지는 자리에 올랐으니까."

"자리가 사람을 만드는 것인가요?"

"모두가 변화할 수 있어. 지금의 나처럼."

레미나 경은 고개를 끄덕였다.

모든 영지민들이 합심해 영주를 중심으로 뭉친 것은 매우 긍정적인 변화였다.

절망만이 가득하던 나날 속에서 피어난 유일한 희망.

영주는 영지를 구원하기 위해 내려온 신의 사자였다.

"가자. 돌이라도 하나 더 날라야지."

"굳이 아가씨께서 그러실 필요는 없어요."

"솔선수범하는 것이 귀족의 의무니까."

"영주님께서 그리 말씀하셨나요?"

"응."

레냐는 영지가 무너질 것이라고 생각하지 않았다.

신의 부름을 받은 영주라면 반드시 영지를 지켜 줄 것이라고 믿었기 때문이다.

[00:04:59]

'이제 곧.'

허름한 목책 위.

아론은 선대 영주로부터 물려받은 갑옷을 입은 채 전방을 주시했다.

열심히 준비했지만 완벽하지 않다.

모든 물자가 너무나 부족했다.

화살촉에 들어가는 쇠조차 부족해 농기구를 녹여서 만들어야 했고, 징집병들에게 나누어 줄 창은 본인들이 직접 나무를 깎아 만들었다.

10살 미만의 아이조차 영지 각지에서 돌을 모아왔으며, 조금이라도 움직일 수 있는 성인은 어떻게든 목책 위로 투척 무기를 올렸다.

총 병력 200명, 세 명의 기사가 각 구역을 나누어 방어했다.

꿀꺽.

침이 절로 삼켜졌다.

검을 쥔 손에는 땀이 흥건했다.

게임에서야 클릭 한 번으로 주인공을 조작할 수 있었지만, 여기서는 실제로 움직이며 검을 휘둘러야 했다.

아론이 후방으로 빠져 지휘하기에는 기사의 숫자가 너무 부족해 직접 참전해야 한다.

'나름 성기사 수업을 받았다지.'

주인공의 배경을 보면 성기사가 되기 위해 오랜 시간 수련을 해 온 것으로 나온다.

기사와 붙어도 어지간해서는 밀리지 않는 검술을 보유했다고도 한다.

게임 초반에 주인공을 기사 포지션에 두고 쓰는 것은 당연한 공략이었다.

막지 못하면 게임 오버가 되었기에 적극적으로 주인공을 기용하는 것이 튜토리얼을 클리어할 수 있는 비결이었다.

꽈득!

아론은 토템이라도 되는 듯 검을 더욱 꽉 틀어쥐었다.

[00:02:45]

-우우우우!

귀곡성에서 날 법한 기이한 울음소리가 멀리서 들려왔다.

목책 바깥은 여전히 검은 안개에 휩싸여 있었다.

-저벅. 저벅. 저벅.

뭔가가 검은 안개와 함께 걸어왔다.

하지만 적이 보이지 않기에 더욱 긴장되었다.

'반드시 클리어한다. 고작 튜토리얼에서 무너질 수는 없지.'

창을 꼬나 쥐고 있는 병사들 역시 긴장되기는 마찬가지였다.

[00:01:30]

검은 안개 속에서 악령의 실체가 드러났다.

'역시 언데드 군단인가.'

하급 언데드들이다.

정말 불친절하게도 레벨 따위는 보이지 않았다.

몬스터 정보라도 볼 수 있다면 그에 따른 공략이라도 대비할 터인데, 그런 친절함이 없으니 유저들은 [DIE]라는 문구를 보는데 익숙했다.

수도 없이 죽어 가며 몸으로 습득하라는 게임사의 의도였다.

현실에서는 재시작이 불가능했으므로 원코인으로 클리어해야 하는 것이었지만.

언데드 군단의 숫자는 약 1천 정도였다.

놈들은 시간제한에 딱 맞추기라도 하려는 듯 목책과 300m 거리까지 진격한 후 움직이지 않았다.

[00:00:30]

시간은 빠르게 떨어져 갔다.
마침내.

[침공이 시작됩니다.]

"끼에에엑!"
언데드 군단의 찢어지는 듯한 비명과 함께 진군을 시작했다.
아론은 검을 치켜들었다.
동시에.

[사방 50m 내에 신성의 오라가 발현됩니다.]
[HP 회복률 +1]
[언데드에 대한 대미지 +1]

오라가 발현되었다.
몸이 따듯해지는 느낌과 함께 육체의 회복률이 상승했다.

언데드에 추가 대미지 +1이 붙었기에 징집병이 찌르는 창이라도 크리티컬을 낼 것이다.

"신께서 우리와 함께하신다!"

"와아아!"

튜토리얼이 시작되었다.

푸확!

목책을 타고 올라오는 하급 좀비의 머리통을 내리찍자 검은 피가 튀었다.

온몸에서 썩은 냄새가 진동했다.

거리의 지린내나 오물의 냄새와는 차원이 다른 썩은 내.

좀비들에게 전염력이 있었다면 도저히 클리어할 엄두조차 내지 못했을 만큼 많은 양의 피가 목책을 타고 흘러내렸다.

아론은 끊임없이 검을 휘두르며 투명한 창을 확인했다.

[02:30:25]

튜토리얼까지 남아 있는 시간이다.

게임 속에서는 배속이 걸려 있었기에 30~40분만 버티면 되었지만 이곳은 현실이었다.

시간을 꽉 채워야 했기에 더디게만 느껴졌다.

"영주님!"

잠깐 한눈을 파는 사이, 녹슨 검이 아론의 머리통으로 떨어지고 있었다.

쾅!

한 병사가 고함을 치는 가운데 스켈레톤의 머리가 폭발을 일으키며 무너졌다.

급하게 고개를 돌리자 레냐가 지팡이를 휘두르는 모습이 보였다.

그녀의 입술은 앙다물어져 있었다.

절망에 빠져 허우적거렸던 사람이라고는 볼 수 없을 만큼 다부졌다.

아론의 연기가 제법 잘 먹힌 모양이다.

그들은 눈빛을 교환했다.

"오빠, 괜찮아요?"

"고맙구나."

"조심하세요."

"너도 조심해라. 반드시 후방에 서고."

"네!"

아론은 다시 검을 잡았다.

그는 몰려드는 적을 베어 넘기며 명령을 내리기에 바빴다.

"부상자는 무리하지 말고, 반드시 후방으로 빠져라! 신의 가호가 퍼지는 곳에서 회복한 후 다시 투입한다!"

"예, 주군!"

하나밖에 없는 스킬이 꽤 많은 도움이 되었다.

미약하지만 오라 안에 들어가 있으면 회복률이 올라간다.

이는 매우 큰 차이다.

시간은 걸리더라도 자연 상태에서는 치유할 수 없는 상처를 치유한다.

몇 시간 동안 그런 식으로 로테이션 사냥이 반복되고 있었다.

징집병들의 창도 매우 날카롭게 뻗어 나갔다.

훈련이 되지 않아 빗나가기 일쑤였지만, 머리를 제대로 가격하기만 하면 반드시 언데드를 처리할 수 있었다.

'튜토리얼이 끝나면 징집병들의 레벨도 오를 거야. 그리되면 병사로 사용할 수 있지.'

전투를 하면 경험이 쌓이기 마련이다.

시스템의 도움까지 받게 된다면 징집병이라고 해도 끝내 기사급의 실력자로 키워 낼 수 있었다.

거기까지 꽤 지난한 과정이겠으나.

'반드시 이루어야겠지.'

쿠구구궁!

정신없이 검을 휘두르고 있을 때, 목책 일부가 무너지며 굉음을 냈다.

목책을 기어오르던 언데드가 무너진 곳을 향해 이동했다.

"모두 무너진 목책으로 간다! 궁수들은 성벽 위에서 놈들을 저지하라!"

"예!"

아론은 무너진 목책 쪽으로 급하게 뛰어내렸다.

현장에는 아비규환의 지옥이 펼쳐져 있었다.

고작 5미터 정도의 틈으로 언데드들이 꾸역꾸역 밀려 들어왔다.

놈들은 사정없이 몸을 밀어 넣었다. 살가죽이 벗겨지거나 팔다리가 끼어 뽑혀 나가도 멈추는 법이 없었다.

두려움이라고는 전혀 존재하지 않는 군대.

그 앞을 방패병들이 용감하게 막아섰다.

하지만.

'더 이상은 힘들다.'

당장은 괜찮을지 몰라도 병사들의 체력은 시간이 갈수록 떨어지고 있었다.

전투를 하는 병사는 극심한 체력을 소모한다.

벌써 전투가 시작된 지 1시간 30분을 넘기고 있는 시점이었다.

팔은 떨어져 나갈 것 같고, 심장은 미친 듯이 뛰며 체력을 고갈시키고 있을 터.

나름 주인공 보정을 받고 있는 아론조차 힘들어 죽을 정도였으니 병사들은 힘이 모자라 방패를 떨어뜨리는 실수가 잦아지고 있었다.

이대로는 안 된다.

"레미나 경!"

"예, 주군!"

영지 유일의 여기사 레미나.

지금은 검으로 사정없이 언데드의 목을 치고 있었지만, 똑똑한 두뇌를 가져 행정관을 겸하고 있었다.

친화력도 꽤 높아 레냐와 오랜 친구로 지냈다.

그녀라면 작전을 맡길 만했다.

"계획대로 한다."

"맡겨 주세요!"

아론이 인벤토리에서 성수를 꺼내 주었다.

이 빌어먹을 극악 난이도 게임에서 얼마 안 되는 친절함이었다.

시작부터 성수 한 병을 제공했으니까.

후방으로 빠진 레미나 경은 큰 대야에 물과 성수를 섞었다.

촤악!

성수와 섞은 물이 마력으로 빨아올려졌다.

"윈드!"

동시에 레냐의 1서클 마법이 펼쳐졌다.

비록 마법이 미숙해 위력은 강한 편이 아니었지만, 여러 꼼수를 동원하면 유용하게 써먹을 수 있었다.

바로 지금처럼.

물과 섞은 성수가 언데드 군단의 머리 위로 쏟아졌다.

지금까지는 놈들이 너무 흩어져 있어 사용할 수 없었지만, 꾸역꾸역 무너진 목책 주변으로 몰려 있었기에 모두 사정권 안으로 들어왔다.

치이이익!

"끼에에엑!"

성수가 닿자 놈들의 몸에 구멍이 뚫리며 연기가 났다.

언데드들의 움직임이 현저하게 감소했다.

일부 언데드들은 그대로 머리통이 타들어 가며 죽기도 했다.

이는 아론이 오랜 시간 디펜스 워를 플레이하며 알아낸 꼼수였다.

실제로 통할 것이라는 확신은 없었으나, 사용해 보니 효과는 만점이었다.

"놈들이 약해졌다!"

"밀어붙여라!"

"와아아아!"

언데드 군단이 밀리기 시작했다.

그리고 마침내.

[튜토리얼을 클리어했습니다.]

[시간 내 클리어!]

[01:30:00 만큼의 보상을 추가로 받습니다.]

[레벨이 올랐습니다!]

[10p를 보상으로 받았습니다.]

[동급 랜덤박스를 보상으로 받았습니다.]

[상점이 오픈되었습니다.]

튜토리얼을 끝냈다.

지금의 상황을 컴퓨터 화면으로 보고 있었다면 충분히 기뻐했을 것이다.

'디펜스 워'는 튜토리얼부터 [DIE]를 지겹게 보도록 설계되었으니까.

하지만 지금 일어나고 있는 일들은 현실의 결합이다.

반파된 목책 사이에서는 인간과 언데드의 시신들이 뒤섞여 있었다.

사망자와 부상자가 끊임없이 실려 나왔다.

'유닛을 뽑을 수 있는 게임과 다르게 현실에서는 인구의 충원이 불가능하다.'

게임이 현실로 변하며 생긴 맹점이었다.

아론은 전선을 거닐며 죽어 가는 병사들을 위문했다.

작은 부상이라면 모르겠지만, 내장이 흘러나오고 대량의 출혈을 일으킨 사람들은 얼마 버티지 못할 것이다.

"……."

아론이 움직일 때마다 사람들의 시선이 움직였다.

그에게는 구원자의 이미지가 만들어진 상태였다.

지금껏 대놓고 여신의 사도라고 칭하며 행보를 펼쳐왔다.

'썩 내키지 않지만 어쩔 수 없지.'

한 세력의 구심점이 되기 위해서는 이미지가 매우 중요했다.

지금과 같이 비상 상황의 경우, 지배자가 백성을 지키지 못할 것 같으면 영지가 내부에서 무너지게 되어 있었다.

천만다행으로 아론에게는 매우 긍정적인 이미지가 부여되어 있다.

신을 믿지 않음에도 신의 사도를 참칭해야 했으므로, 그 가면이 벗겨지지 않기 위해서는 감정적인 호소가 필수적인 것이다.

"쿨럭! 쿨럭!"

아론의 발걸음이 한 소년 병사 앞에 멈추었다.

온몸이 언데드에게 물어뜯긴 것을 보니 회복은 불가능했다.

백성들도 최대한 인명을 살리기 위해 생존 가능성이 높은 사람들을 치료소로 옮겼다.

목책 아래 방치되고 있는 사람들은 회생의 가능성이 없다는 뜻이다.

"소년 병사의 이름이 무엇인가?"

"라젤……입니다, 영주님."

"나이가 어린데 어찌하여 참전을 결심했나."

"쿨럭! 지난 침공으로…… 가족…… 모두가 죽……."

아론은 소년 병사가 대충 무슨 말을 할지 알아들었다.

튜토리얼 이전의 세계에서도 대륙의 멸망은 가시화되고 있었다.

걸핏하면 마물이 쳐들어왔기에 영지 본성에 살고 있는 백성이라도 침공에 많은 피해를 입을 수밖에 없었다.

마물에게 가족이 몰살되었다면 복수를 하겠다고 검을 든 것도 충분히 이해할 수 있는 일이다.

아론은 튜토리얼을 클리어하기 위해 검을 들 수 있는 청년을 모조리 징집했다.

소년의 키가 이 시대 평균과 비슷했기에 참전할 수 있었던 것 같다.

아론은 소년의 머리에 왼손을 올렸다.

오른손으로는 보조 무기를 꺼냈다.

"소년병 라젤, 제군의 이름을 기억할 것이다."

"영주님······."

"잘 싸워 주었다. 제군 덕분에 영지를 지킬 수 있었어."

"저는······. 쿨럭!"

소년 병사의 얼굴이 급속하게 창백해졌다.

"여신께서 제군의 가족을 돌보고 계신다. 곧 만나게 될 거야."

"함께할 수 있어서 영광······."

퍼억!

아론은 소년 병사의 머리에 구멍을 내서 고통을 끝내 주었다.

이제 뭔 짓인가 싶지만 중세 전쟁터에서는 흔하게 볼 수 있는 자비였다.

많은 영지민들이 그 행보를 지켜보았다.

평민의 이름을 영주가 기억해 준다는 것은 굉장한 영광이었다.

아론이 신의 사도라고 불리는 마당이니, 상당한 파급력을 만들어 낼 것이다.

전장이 빠르게 정리되어 갔다.

그만큼 아론의 손에는 많은 피가 묻었다.

피비린내가 진동하는 목책.

아론 남작의 뒤를 따르던 기사단장 마이어는 영주가 신

의 이름으로 행하는 자비에 입술을 짓씹었다.

'여신은 우리를 버린 게 아니었나?'

그는 남작에게 충성을 맹세한 기사였으나 여신의 자비에
의지하는 것이 옳은 일인지에 대해서는 회의적이었다.

그에게 종교는 기사도다.

여신이 영지를 버렸을 때, 오라클 가문은 목숨을 걸고 영
지를 수호하는데 앞장섰다.

선대 영주가 그랬으며 현 영주가 그러했다.

마이어가 생각하건대 종교와 여신은 허상이었다.

무지몽매한 백성들이나 신의 이름을 찾을 뿐.

"신의 이름으로 죄를 사한다."

"감사합니다……. 쿨럭!"

자비를 행하고 있는 영주.

그의 손에 수많은 피가 묻고 있었다.

거의 한 시간을 돌아다닌 끝에 죽기 직전의 사람들은 모
두 세상을 떠났다.

고통 받는 부상자에게 자비를 내려 주는 것은 당연한 일
이나, 베일리의 이름 아래 행해지는 것이 마음에 걸렸다.

"주군."

"무슨 일인가."

마이어의 부름에 영주가 발길을 멈추었다.

이쯤이면 괜찮을 것이다.

백성들의 시선에서 멀어진 지금이라면.

"여신께서는 우릴 버리신 게 아니었습니까?"

"왜 그리 생각하나."

"그렇지 않고서야 세상이 멸망할 수 없기 때문입니다. 여신이 악신을 방치하였기에 웨이브가 생겼으며 많은 사람이 죽었습니다."

"……."

영주는 말이 없었다.

마이어는 순간적으로 아차 싶었다.

감히 기사가 주군의 행사에 관여하다니, 이는 매우 불경한 일이었다.

그러나 이미 엎질러진 물.

툭툭.

"주……군?"

영주는 마이어의 어깨를 두드렸다.

"이해한다."

"송구합니다! 괜히 제가 주제넘게 나섰습니다."

황급하게 무릎을 꿇은 마이어는 죄를 청했다.

예전 같았으면 목이 날아가도 할 말이 없을 중죄였다.

그러나 영주는 마이어의 몸을 일으켰다.

"하늘을 보라."

"저것은……?"

신성력에 휩싸인 막이 형성되고 있었다.

보호막이 매우 먼 곳까지 뻗어 나갔다.

"이 상황에 종교와 정치가 결합되는 것은 지극히 이상적인 일이다."

"……!"

영주는 더 이상의 말을 삼갔다.

그가 여신을 정말로 믿는 것인지, 이용하는 것인지는 알 수 없다.

감히 주군의 그런 본심을 헤아리려 한다는 자체가 불경한 일이었으므로 마이어 역시 판단하지 않기로 했다.

"신성 보호막은 도트린 마을까지 이어졌을 거야. 단장이 직접 병사 서른 명을 선발해 마을을 구하도록 하라."

"주군의 명에 따르옵니다!"

마이어 단장은 곧장 주군의 명을 이행했다.

다들 전투로 피로하였지만 지금 상황에서 인구는 매우 중요한 자원이었다.

어떻게든 구해야 생존 확률이 올라간다.

마이어 단장은 목책을 벗어나며 생각했다.

'사고(思考)는 기사의 영역이 아니다.'

해가 저물 때가 되어서야 아론은 영주성으로 돌아올 수 있었다.

전후 처리가 끝난 것은 아니다.

영지를 침공한 언데드의 숫자만 해도 일천이었다.

급하게 목책을 보수하고, 아군의 사상자를 처리하는 것만으로도 하루가 부족할 지경이었다.

치료소에서는 여전히 치료가 이어지고 있었다.

가능하면 거기까지 방문하고 싶었지만.

"조금만 쉬었다 가자."

아론도 사람이다.

며칠 동안 잠도 제대로 못 자면서 방어전을 준비했다.

오늘은 체력이 다할 때까지 싸웠으며, 전후 처리에도 신경 쓸 수밖에 없었다.

아론은 가물거리는 정신을 간신히 붙들었다.

속 편하게 기절할 팔자가 아니었던 탓이다.

[90:34:12]

아주 당연하게도 2차 침공 일이 잡혔다.

100시간이 주어진 가운데 벌써 10시간이 흘렀다.

시간 제약이 아주 조밀하게 설정되어 있는 이상, 쉬더라도 오늘 할 일은 모조리 처리해야 한다.

아론은 보고서부터 훑었다.

"사망 54, 부상 125. 그중 중상자가 마흔이라니."

이번 전투에서 무려 100명이나 전투 불능이 되었다.

지속된 마물의 침공으로 가뜩이나 청년 인구가 부족하였는데, 그중 100명이나 전투 불능이 되었다는 것은 정말 심각한 일이다.

이 때문에 무리라는 것을 알면서도 도트린 마을로 증원을 보냈다.

인구를 늘리는 것이 생존의 비결이었으니까.

'디펜스 워'는 디펜스 장르였지만 경영과 땅따먹기를 혼합한 게임이다.

단순히 몰려오는 적을 막는 것이라면 유저들이 그리 큰 흥미를 끌지 못하였을 것이다.

챕터가 진행될수록 관리할 수 있는 영토가 늘어나는 것이 특징.

신성 보호막이 도트린 마을까지 펼쳐졌기에 외부의 마물은 안으로 들어오지 못하지만, 원래부터 존재했던 놈들까지는 어쩔 수가 없다.

토벌만이 답이었기에 디펜스 워를 플레이할 때에도 귀찮지만, 보호막 안에 존재하는 마물을 정리해 주어야 했다.

마을로 구원군을 보냈으니, 마이어 단장이 알아서 정리할 것이다.

"그리고."

아론은 튜토리얼 보상을 확인하기로 했다.

지금까지는 전후 처리를 한다고 도저히 시간이 나지 않았다.

아론 오라클 LV.3

직업: 신성 군주-베일리의 사도.
스킬: 신성의 오라 LV.3
스탯: 체력(5) 정신(5) 힘(12) 민첩(5) 지혜(3) 신성력(1)

먼저 스탯 관련.

캐릭터를 생성할 때 스탯은 랜덤으로 정해진다.

해당 캐릭터마다 스탯이 유독 높은 칸이 있었는데, 이것이 바로 재능이다.

아론은 힘이 다른 스탯보다 최소 두 배는 높았으므로 힘에 비중을 두는 것이 맞다.

포인트로는 [힐(Heal)]을 구매했다.

사실 이는 강제 선택지나 다름없었다.

10포인트로 구매할 수 있는 스킬은 지극히 한정되어 있었으니까.

디펜스 워에서는 포인트를 아낀다는 개념조차 없을 만큼 난이도가 높다.

힐이 있는 것과 없는 것에는 생존력에 큰 차이가 있었기에 나름 나쁘지 않은 스킬이었다.

마지막으로는.

[동급 랜덤박스]

보상으로 주는 가챠 박스를 열어야 한다.

좋은 아이템이 나와 주어야만 살아남을 가능성이 높아진다.

아론은 망설임 없이 가챠를 돌렸다.

퍼어엉!

랜덤박스에서 강렬한 빛이 터졌다.

제3장
여신의 기적

동급 랜덤박스.

디펜스 워에는 5개 등급의 랜덤박스가 존재한다.

동, 은, 금, 다이아, VIP.

은급 박스만 해도 한참 후에나 등장했기에 사실상 동급 정도가 얻을 수 있는 최선이다.

튜토리얼을 클리어하며 동급 박스라도 나와 준 것이 다행이었다.

50%의 확률 정도로 이조차 나오지 않는 경우가 있었으니 나름 운이 좋은 편이다.

하지만 그 박스에서 쓸 만한 아이템을 기대하는 것은 더 힘들다.

가챠만 잘 뽑혀도 다음 스테이지의 클리어 가능성이

10%는 올라간다고 하던가.

[오래된 성기사의 검을 획득했습니다.]
[묵은 밀 50kg을 획득했습니다.]

"성기사의 검? 나쁘지 않아."
언제부터 랜덤박스에서 좋은 아이템이 나왔던가.
매직 장비 하나가 떨어진 것만도 감사한 일이다.
게임을 하는 도중이었다면 꽤 흥분했을 정도로.

오래된 성기사의 검

등급: 매직
물리 대미지: 10
마법 대미지: 5
내구도: 5/10

추가 옵션
신성력+2

죽어 간 성기사의 유물.
-여신을 위하여-

"이만하면 튜토리얼 보상치고는 후한 편이야."

스테이지 클리어에는 두 가지 기준이 있었다.

시간을 꽉 채우거나, 적을 몰살시키거나.

다행히 이번에는 히든 캐릭터라고 할 수 있는 레냐를 기용하여 꼼수로 좀 더 빠르게 클리어할 수 있었다.

레벨이 두 단계나 오른 것도, 포인트를 10개나 얻은 것도 다 그런 이유 때문이다.

아론은 검을 허리춤에 매달아 봤다.

착용 효과로 은은한 성력이 느껴졌다.

신성력이 올라가면 영주에 대한 후광 효과도 커질 것이었으므로 신성력은 나쁘지 않은 옵션이었다.

이 세계의 룰을 보면 혼자 무쌍을 찍는다고 침공을 방어할 수 있는 것이 아니었으니, 이런 유의 정치적(?) 옵션이 나을지도 모른다.

나름 신성력과 신규 스킬 힐의 궁합이 좋기도 했고.

"그럼 한 번 써 볼까?"

지금 아론은 멀쩡한 상태가 아니었다.

전투에서 자잘한 상처를 입으면서 파상풍이 걱정될 지경이었다.

녹슨 검에 팔뚝이 베인 것을 떠올리는 순간, 이마에서 열감이 느껴지는 것 같기도 했다.

"힐."

아론은 상처 부위에 대고 스킬을 사용했다.

매우 불친절하게도 어느 정도 효과를 가져다주는지는 시스템이 설명하지 않았다.

그저 상처의 회복 속도가 가속되면서 빠르게 아무는 것이 눈에 보일 뿐.

머리에 대고 힐을 한 번 더 사용하자, 피로가 조금 가시는 느낌이 들었다.

아론은 곧장 집무실을 나서기로 했다.

당장 쓰러져 자고 싶었지만, 사람을 하나라도 더 치료하는 일이 시급했다.

인구가 가장 큰 자산이었으니까.

"오빠……?"

"네가 어쩐 일이냐."

집무실 앞을 레냐가 서성거리고 있었다.

15살이라지만 키가 작아 초등학생 정도로밖에는 보이지 않았다.

병약함을 가장하였으나 싸울 때 보니 적에게는 인정사정이 없었다.

아마 레냐의 버팀목은 아론일 것이다.

멸망해 가는 세상 속에서 혈육은 매우 큰 의미가 있었으니까.

"오빠가 괜찮으실까 해서요."

아론은 레냐의 머리를 쓰다듬었다.

앞으로도 레냐는 아론을 잘 보조해 주어야 한다.

마법사라는 직업은 단순히 마법만 잘 쓰는 것이 아니다.

머리가 좋았기에 여러 업무를 소화할 수 있는 전천후 캐릭터였다.

당연히 소중할 수밖에.

"오늘 잘했다."

"네! 감사합니다!"

"가자. 아직 부상자가 많아."

"귀족의 의무를 수행하는 건가요?"

"그래, 백성을 지키는 것이 우리들의 임무니까."

남매는 손을 잡고 치료소로 향했다.

아론은 치료소 내부를 동분서주하며 치료술을 펼쳤다.

영지 내에 신관이 한 명 있었지만, 그녀 하나로는 부상자들을 감당할 수 없었다.

부상자만 무려 125명.

단순 통계로 따져도 영지민 5% 이상이 다친 것이다.

이 시대 사람들은 하도 마물에게 침공을 당하고 살아서, 이만하면 큰 무리 없이 막은 것이라 여겼지만 아론이 볼 때는 아니었다.

전투 한 번에 인구 5% 이상 날아가는 전쟁이 어디 있던가.

영지 운영에 대해 깊게 생각하지 않아도 앞으로 무슨 일이 발생할지는 뻔했다.

"큭."

"괜찮으세요?"

아론은 신성력의 고갈을 느끼며 머리를 짚었다.

영지 유일의 신관 세이라가 그의 팔을 붙들었다.

"신성력 고갈 현상이에요. 잠시 쉬는 것이 어떠신가요?"

"괜찮다. 지금 당장 치료하지 못하면 죽을 병자가 지천이야."

"영주님……."

세이라의 눈동자에 습기가 어렸다.

그녀는 또 하나의 히든 캐릭터였다.

기사들처럼 직접적인 무력은 행사하지 않더라도 후방에서 서포트하는 재능이 꽤 뛰어났다.

'잘 키운 세이라 열 마이어 안 부럽다는 말도 있었지.'

게임 속에서 힐러의 중요성은 말해 입만 아프다.

그건 현실에서도 충분히 적용됐다.

"여신께서 그걸 원하실 거야."

"영주님이 영주님이라서 다행이에요."

"무슨 뜻이지?"

"만약 다른 분이 영주님이었다면……. 저는 버티지 못했을 거예요."

"……치료 계속하지."

"네!"

아론은 잠시 쉬고 난 후 다시 움직였다.

'잘 먹혔나?'

더 이상 전력을 강화하기에는 어려운 실정이었다.

아론은 감정을 이용해야만 했다.

세이라의 약한 마음에 호소해 바운더리 안으로 끌어들일 수 있다면 무릎을 꿇을 수도 있다.

그녀는 그만큼 중요한 캐릭터다.

괜히 레냐와 함께 히든 캐릭터라고 불리는 것이 아니다.

그 대가가 꽤 혹독하기는 했지만.

'씨발, 진짜 죽겠다!'

[50:44:12]

다음 침공까지 이틀 남았다.

아침에 일어나면 보이는 것이 반투명 창이다.

웨이브가 또 일어난다는 뜻이었기에 마음이 편치 않았다.

항상 부담감을 가지고 살아가는 느낌이 든다.

이 때문에 더 열심히 일했는지도 모른다.

지난 이틀 동안 무너진 목책을 보수하였으며, 시신을 매장하고 다시금 전쟁 준비에 돌입했다.

도트린 마을도 구원을 했다는 전서구를 받았다.

다행히 마을이 쓸려 나가기 전, 마이어 경이 손을 쓴 덕분에 손실은 크지는 않았다고 한다.

도트린 마을은 다음 전장이 될 곳이기에 최대한 많은 사람이 살아 있는 편이 좋았다.

본성에서 웨이브를 막는다는 선택지는 있을 수 없다.

디펜스 워는 기본적으로 적을 막는데 특화되었지만, 땅따먹기도 함께 결합된 게임이다.

본성에 틀어박혀 수성전을 펼치게 되면 마을의 기반을 모두 잃는다.

보상과도 관련이 있었으며, 후퇴하여 수성을 펼치는 순간 꽤 강력한 페널티도 받았다.

그게 현실에서 어찌 적용될지 알 수 없는 이상, 룰을 따르는 것이 가장 현명한 방법이었다.

물론 가신단 회의에서 보고를 들어 보니 도저히 원정을 할 수 있는 상황이 아니었다.

"심각합니다. 식량은 거의 다 떨어졌고 물자는 태부족이에요."

재무관 카일 제러든의 말에 아론은 한숨을 내쉬었다.

지금은 막 튜토리얼을 끝낸 상태다.

당연히 모든 물자가 부족할 수밖에 없다.

애초에 물자가 넘쳐났다면 걱정하고 있을 이유도 없었을 것이다.

늙수레한 카일의 이마에 깊은 주름이 잡혔다.

"도트린 마을로도 식량을 지원해야 하는 입장입니다."

"그럴 여유는 없지."

"그러니까요."

톡. 톡. 톡.

아론은 손가락으로 테이블을 두드렸다.

영주 부관 칼슨 네드반은 더 좋지 않은 소식을 전해 주었다.

"주군…… 저기."

"말해."

"타 영지에 구원을 요청해 보았는데, 하나같이 암울한 이야기뿐이었습니다."

"구체적으로."

"간신히 버티고 있다거나, 이미 망해서 연락이 되지 않았던 경우가 태반이에요. 역으로 저희에게 구원을 요청하던데요?"

"말도 안 되는 소리야. 우리에게 구원을 보낼 병력이 있기는 한가?"

"병사 하나가 귀한 시국이죠."

국왕조차 각자도생하라고 서신을 뿌린 마당이었다.

이런 시골 벽지의 영지를 도와줄 수 있는 세력 따위는 없었다.

시간이 흐를수록 망하는 영지가 늘어날 것이다.

결국 아론 혼자 남을 수밖에 없는 처지였으니, 이 대륙에 군주는 그 하나라고 해도 과언이 아니었다.

어쨌든, 앞으로 나아가지 못하면 전부 죽는다.

"방법이 없는 건 아니다."

"예!?"

"물자 부족을 해결할 수 있는 방법이 있다는 겁니까!?"

"그래."

아론은 눈을 감았다.

처음 상점 창이 떴을 때 확인했다.

영지 내 재화를 이용해 소모품 뽑기를 할 수 있다는 사실을.

일종의 인게임 무료 가챠라고 보면 된다.

유로가 아닌 무료로 뽑는 것이기에 가치 있는 물건은 나오지 않는다.

기껏해야 식량이나 철괴, 화살 따위겠지만 지금 상황에서 그보다 더 중요한 물자는 없다.

"영지 내 재화를 모아 여신께 공양하고 기적을 내려 받는다."

"……그게 가능한 일인가요?"

"가능해. 여신께서 계시한 일이니 불가능할 리 없지."

"오오!"

웅성웅성.

장내가 술렁거렸다.

아론은 또다시 약을 팔았다.

가챠 랜덤박스에까지 여신의 이름을 들먹이는 것이 양심에 찔렸지만.

'이 정도 기적(?)에는 당연히 의미를 부여해야 해. 그래야만 백성들이 희망을 갖는다.'

남몰래 새어 나오는 한숨.

민심과 병력의 사기까지 신경 써야 했으니, 군주야말로 극한 직업이 따로 없었다.

"이 시간부터 금 모으기 운동을 전개한다."

영지의 기사들은 훌륭하게 금 모으기 운동을 시작했다.

온 세상이 망했으니 금이나 은, 보석 따위는 전혀 쓸모가 없다는 것이다.

금붙이로는 빵 하나 살 수가 없으니, 여신께 공양하여 기적을 내려 받아야 한다고 홍보했다.

[신의 사도인 영주님께 계시가 있으셨다. 세속적으로 쓸모가 없는 금붙이와 보석들을 여신께 공양한다면 그 노력을 가상하게 여겨 기적을 내려 주신다고.]

한 번 죽다 살아난 영지민들이었다.

여신에게 공양을 한다는 내용이 영주의 입에서 직접 거론된 이상, 백성들은 그 말을 철석같이 믿었다.

반나절도 되지 않아 영지 광장 여신상 앞에 각종 재화들이 쌓였다.

가난한 백성들이 많았기에 대부분 혼수품이었다.

고작 금가락지를 아까워하는 사람은 없다.

지금은 살아남는 것이 우선이었으니까.

아론은 가문의 재화도 탈탈 털었다.

'지금부터가 중요하다.'

백성들에게 가장 필요한 물건을 기적같이 생성하면서 여신에 대한 믿음을 강화시켜야 했다.

그렇게 하다 보면 '성전사'나 '사제'가 저절로 영지 내에 출현할 것이었기에 열심히 약을 파는 자세가 필요했다.

사람들이 몰려들며, 모든 영지민들이 광장을 둘러싸고 있는 것 같았다.

아론은 때가 왔음을 직감했다.

그는 무릎을 꿇고 양팔을 들어 올렸다.

"자애의 여신 베일리여, 당신께 재물을 바치나이다. 당신의 백성을 굽어살피시고, 기적을 행하소서."

스스슷!

빛과 함께 재화들이 사라졌다.

그러자 주변에서는 한바탕 난리가 났다.

빛에 휩싸인 재화들이 정말로 공양되는 것처럼 보였으니까.

아론은 재빨리 상점 창을 열었다.

[총 보유 골드: 10만]
[하급 보급품 상자 x10을 구매하시겠습니까?]
[Y/N]

쿠구구궁!

망설임 없이 Y를 누르는 순간, 갑자기 눈앞에 거대한 상자들이 떨어졌다.

"……!"

충격적인 광경이었다.

이런 상황을 만들어 낸 아론조차 혀를 내두를 만큼 '연출'이 인상적이었다.

지면으로부터 약 1m가량 높이에서 빛이 터졌다.

그곳에서 생성된 나무 상자들이 땅바닥에 떨어지면서 굉음을 냈다.

방금 생겨났다는 것을 자랑이라도 하는 듯, 알 수 없는 기운에 의해 아지랑이까지 피어오르고 있었으니, 이걸 인간이 만들어 냈다고 여기는 백성은 없었다.

고풍스러운 재질에 기하학적인 문양이 돋보이는 상자의 장식.

신심이 없던 사람이라도 이 광경을 보면 절로 종교를 가지게 될 법한 장면이었다.

광장에 모인 모든 사람들이 무릎을 꿇고 머리를 땅에 박았다.

이는 아론도 마찬가지였다.

'기대보다 더 훌륭했다.'

"여신께서 기도에 응답하셨다!"

"와아아아아!"

광기(狂氣)가 흘렀다.

한 번의 연출로 여신 베일리의 격(格)은 몇 단계나 상승했던 것이다.

신이 함께하고 있다는 믿음.

이보다 더한 신의 증거는 존재하지 않을 것이다.

자연스럽게 아론의 지배력은 강화되었다.

누가 뭐라고 해도 그는 신성 군주 베일리의 사도였으므로.

아론이 자리에서 일어나자 백성들의 시선이 한곳에 모였다.

경외를 보내는 것은 기사들도 마찬가지였다.

"여신께서 보낸 선물에는 이렇게 쓰여 있다."

"……"

뭉클거리는 감정들.

최악의 상황이었으나 백성들이 희망을 갖는 것은 매우 긍정적인 일이었다.

아론은 약을 좀 더 쳐서 희망을 '확신'으로 바꾸는 작업에 들어갔다.

"심연이 세상을 집어삼킬지라도 담대하게 나아가라. 내가 함께하리라."

"여신 베일리여!"

디펜스 워를 할 당시에 어디선가 주워들은 말을 대충 신의 말씀으로 포장한 아론은 상자를 하나씩 열었다.

과연 여신은 선물(가챠)을 빵빵하게 챙겨 주었을까?

끼이이익!

"오오오!"

상자를 하나씩 열 때마다 좌중이 술렁거렸다.

예상대로 넉넉한 수준은 아니었다.

난이도가 극악인 게임 속 세상이다.

가챠를 돌려 좋은 아이템이나 소모품이 자주 등장했다면 그토록 욕을 처먹지는 않았을 것이다.

[밀 5톤]

[화살 2천 발]

[철광석 2톤]

'당장 죽지는 않을 정도다.'

아론은 계산에 들어갔다.

이 시대 일인당 밀 소비량은 연간 120kg 정도다.

육류가 있다면 좀 낫겠지만, 어딜 봐도 가축 따위는 존재하지 않았다.

순수 밀로 버텨야 한다는 뜻이다.

현재 영지의 인구는 대략 2천 정도였다.

튜토리얼에서 100명 정도 감소했지만, 도트린 마을의 인구를 더해 주어야 한다.

몇 명이나 살아남을지 아직은 알 수 없었으나, 마을 생존자가 150명 정도라고 계산하면 밀 5톤으로 고작 일주일밖에 버티지 못한다는 결론이 나온다.

전투에 들어가는 병사들은 더 많은 밀을 소비하기 마련이었으니 5~6일을 최대치로 잡아야 한다.

식량이 위험할 정도로 부족했다.

'방법을 찾는 수밖에.'

아론은 입술을 한 번 짓씹고는 자리에서 일어났다.

"우리는 생존한다. 이것이 당면한 최우선 목표다."

베일리의 사도로서 기적(?)을 행한 아론은 영지 곳곳을 둘러보며 전후 처리에 들어갔다.

시신을 치우고 최소한의 위생을 확보했다.

가뜩이나 힘든데 전염병까지 퍼지면 답이 없었다.

이는 생존을 위한 몸부림이라고 해도 좋았다.

백성들은 왜 길거리에 널려 있는 오물을 치워야 하는지 이해하지 못하였으나, 아론의 한마디에 수긍했다.

"여신께서 계시하였다. 더러운 환경은 악이 침범하기 좋은 상태를 만들어 낸다고."

"바로 치우겠습니다!"

"암! 여신의 말씀은 지켜야지!"

백성들은 방금 기적을 목도하였기에 아론의 말이라면 돌이 떡이라고 해도 믿을 정도였다.

어려운 상황 속에서 만들어 낸 이미지 덕분에 강력한 지배력을 행사할 수 있었다.

신심을 이용하는 것이 아니라면 힘들 뻔했다.

병균 때문에 전염병이 발생한다고 설득하려면 매우 지난한 과정이었을 터다.

역시 '문명'을 선택할 때, 신앙심을 기반으로 하는 것이 유리할 것 같다.

저벅. 저벅.

아론은 조금씩 깨끗해지는 거리를 걸었다.

여전히 핏물과 오물이 섞인 진흙이 지천이었으나, 분뇨라도 치우니 막혔던 코가 조금 뚫리는 기분이었다.

식량은 일괄적으로 분배했다.

어차피 다음 웨이브를 막지 못하면 끝장이었으므로 식량을 비축한다는 개념은 생각조차 할 수 없었다.

하루하루를 버티는 것만으로도 큰 성공이었다.

간만에 잘 먹은 백성들은 알아서 거리로 나와 일했다.

시급한 과제는 목책을 보수하는 것.

목책 사이에 끼어 있는 언데드의 시신과 피와 살점을 보면 도저히 다시 쓰기는 힘들어 보이는 부분이 있었다.

재사용을 하게 되면 전염병의 근원지가 될 수 있었다.

아론은 목수 출신의 오십인장 잭슨을 호출했다.

"영주님을 뵙습니다!"

"……."

썩은 피가 흐르는 땅바닥에 병사가 넙죽 무릎을 꿇었다.

그럼에도 아론은 나무랄 수가 없었다.

상명하복이 기본인 세상이다.

애초에 이러한 행위들은 지배력 강화를 위해 발전해 왔으므로 아론은 애써 무시한 후 입을 열었다.

"이번 공격을 막은 것으로 목책은 그 기능을 다했다."

"예? 아직 멀쩡한 부분이 많습니다."

"여신께서 말씀하시길, 악이 침범하기 쉬운 환경이 될 것이라고 하니, 언데드의 피에 절은 목재 부분은 도려내고 보수하는 것이 좋을 것 같다."

"여신께서 그리 말씀하셨다면."

잭슨은 바로 고개를 숙인 후 물러갔다.

그의 지휘 아래 대대적으로 목책이 잘려 나갔다.

전염병에 대한 우려를 제외하더라도 금이 가고 휘어진 목재는 갈아 버리는 것이 좋다.

생각 같아서는 통째로 갈아 치우고 싶었지만 그러기에는 어마어마한 노동력이 들기에 참을 수밖에 없었다.

"후."

아론은 목책을 지나면서 잠시 멈추어 관자놀이를 지그시 눌렀다.

워낙 신경 쓸 곳이 많아 두통이 생길 지경이었다.

"영주님, 굉장히 피로해 보이십니다."

"그리 보였나."

아론의 곁은 레미나 경이 수행하고 있었다.

부관 칼슨은 병사들을 지휘한다고 바쁜 상태였다.

레미나 경은 행정관이기도 하였으니, 영지 전반적인 문제들을 체크하며 아론의 말을 필기하는 중이었다.

뛰어난 기사이자 높은 지능을 보유하였다는 '설정'의 레미나 프레일.

과연 그녀는 어느 정도로 생각이 트인 가신일까?

"경은 현재 당면한 가장 큰 문제가 뭐라고 보나?"

"문제라고 하시면."

레미나 경은 잠시 수첩을 접었다.

오래 생각할 필요도 없이 즉답이었다.

"영지 기반이 완전히 망가진 것이겠지요. 복원을 하지 않으면 미래는 없습니다."

"맞다. 지금은 간신히 버티고 있는 수준이지."

"이런 상황에 신병을 모집할 수밖에 없으니, 추후에는 노동력이 현저하게 감소하여 자력으로 생존하는 것이 불가능해질 것입니다."

"⋯⋯!"

아론의 눈동자가 잠시 흔들렸다.

'중세에 이 정도 식견을 가졌다고?'

꽤 놀라운 일이다.

레미나 경은 노동력 감소가 가져오는 각종 문제에 대해 이미 걱정하고 있는 중이었다.

아론이 레미나 경의 어깨를 짚었다.

"나 역시 미래에 대해 생각하지 않는 건 아니다. 그럼에도 극약 처방을 할 수밖에 없는 것은 당장 살아남기가 버겁기 때문이지. 방법이 전혀 없는 건 아니다. 전 대륙이 멸망하는 상황에서는 잉여 농산물이 곳곳에서 발견될 터."

"그 말씀은 설마⋯⋯?"

"살아남기 위해서는 모든 수단을 동원할 필요가 있다."

아론은 더 이상의 말을 삼갔다.

레미나 경의 눈동자가 동그랗게 떠졌다.

눈빛이 변화하고 있었다. 매우 긍정적인 효과다.

'원래 주인공은 소심한 성격에 홀로 서기를 할 수 없을 정도로 나약하다고 했지. 그러다 아버지의 죽음과 튜토리얼을 계기로 성장한다는 설정이었으니, 레미나 경이 이런 반응을 보이는 것도 당연하다.'

아무리 백성들이 아론을 신의 사도로 받들어 준다고 한들, 가신의 인식을 바꾸지 못한다면 생존하기가 힘들다.

지배력이라는 것은 백성에게만 국한된 것이 아니었다.

이런 중세에서는 가신들에 대한 지배력을 강화하는 것이 더 중요할 수 있었다.

살짝 붉게 물드는 레미나의 뺨.

아론은 조금 과할 정도의 '작업'이었나 생각이 들자 바로 어깨에서 손을 떼어 냈다.

"지금은 생존만 생각한다."

"예, 주군."

레미나 경의 입에서 처음으로 주군이라는 소리가 나왔다.

저 멀리 영주가 멀어져 갔다.

레미나 프레일은 거인처럼 보이는 그 뒷모습을 바라보며 깊은 생각에 잠겼다.

[모두가 변화할 수 있어. 지금의 나처럼.]

레냐 오라클. 영주의 유일한 혈육이 했던 말이다.

처음에 레미나는 그 말을 믿지 않았었다.

사람이 한순간에 바뀌는 것은 있을 수가 없는 일 아닌가.

변화라는 것은 시간을 두고 이루어지기 마련이다.

잠시 동안 변화하는 '시늉'은 가능했으나, 이런 식으로 사람이 근본부터 변화하기까지는 오랜 시일이 필요했다.

그러나 영주는 전혀 다른 사람이 되었다.

되레 자신을 시험하는 듯한 모습까지 보인 것이다.

그는 마지막에 상상을 초월하는 대안까지 내놓았다.

'약탈 경제 비슷한 체제를 당분간 유지할 수밖에 없다는 뜻이지.'

레미나 역시 거기까지는 생각하지 못했다.

이 시대의 기사는 정의의 화신이었다.

남의 것을 털어 본인의 배 속을 채운다는 것은 생각조차 할 수 없는 일이었다.

'영주께서는 자신의 백성을 살리기 위해 오욕까지 무릅쓰려는 것이다.'

신앙심을 기반으로 한 강력한 통치력을 행사하는 영주.

그러한 통치는 생존을 기반으로 했다.

강력한 추진력과 함께 결단력을 함께 갖춘 남자.

두근!

갑지가 레미나의 심장이 요동쳤다.

"아직은 아니에요."

"······!"

누군가가 머리를 슥 들이밀었다.

여신관 세이라였다.

병자를 치료해야 할 세이라가 여긴 어쩐 일일까?

"병자의 치료가 끝났거든요."

"그런가."

"응원할게요!"

"나는······."

"영주님이 굉장히 멋져지셨죠. 이해해요."

"결코 그런 불충을 저지르려는 의도가 아니다!"

"네, 네. 그렇고말고요."

레미나는 멀어지는 영주를 쫓았다.

영지 곳곳을 살피던 아론에게 전령이 급하게 달려왔다.

"영주님! 마이어 경이 입성합니다!"

"혼자인가?"

"수레에 부상자들을 가득 데리고 왔습니다!"

"바로 가지."

급하게 도착한 목책 앞에는 부상자들을 한곳에 욱여넣은 수레가 위태롭게 이동하고 있었다.

'정신 나갔군.'

수레에 타고 있는 수십 명의 사람들 중에는 팔다리가 잘려 나가거나 복부가 깊게 베어 내장이 흘러나온 중상자가 지천이었다.

찔리고 베인 상처는 예사였다.

이동을 하던 도중에 사망한 자들까지 뒤섞이며 끔찍한 광경을 만들어 냈다.

물론 여기까진 현대인의 감상이고, 마이어 경의 입장에서는 마을에 신관이 없으니 어떻게든 생명을 구하기 위해 움직였던 것이다.

"세이라를 불러라!"

"예!"

부상자들은 곧바로 분류되었다.

도저히 가망이 없는 중상자는 자비를 베풀어 고통을 끝내 주었으며, 살아날 수 있는 희망이 있는 부상자는 치료소로 옮겨졌다.

핏물이 뚝뚝 흘러내리는 수레.

그 안에 타고 있던 마이어 경 역시 피투성이였다.

"죄송합니다, 영주님! 도트린 마을은 초기 피해 없이 구원하였으나, '마물의 근원지'를 미처 발견하지 못한 것이 실책이었습니다."

"마물의 근원지?"

"마을 근처에 마물들이 뭉쳐 있다가 습격했습니다."

마물의 근원지.

사악한 악신의 파편이 이 땅에 떨어져 마물을 끌어당긴 다는 설정이었다.

다른 말로는 던전.

튜토리얼을 끝냈으니 영지 어딘가에 던전이 생성되어야 정상이다.

그게 어딘가 싶었는데 도트린 마을 주변이었다.

'경험치 던전이 열렸군.'

제4장
돌발 퀘스트

후텁지근한 열기가 흐르는 치료소 막사.

치료소라는 말이 무색할 정도로 위생 환경은 좋지 않았
다.

뜨거운 날씨에 상처를 오랜 시간 노출하면 곪기 마련이
다.

치료에 대한 개념이라고는 포션과 성수, 사제의 힐밖에
없는 세상이었다.

되레 이러한 기적의 치료가 의술의 발전을 저해했기에
부상자들은 제대로 된 응급조치가 되지 않은 채로 실려 왔
다.

일부 상처들은 흐물거려 봉합이 불가능할 지경이었다.

복부가 터진 부상자들은 이미 심하게 장기가 부풀어 올

라 강제로 닫지도 못하였기에 중상자의 반은 레테의 강을 건넜다.

아론이 '봉합'이라는 개념을 전파해 상처를 술로 소독하고 닫는 작업을 하지 않았다면 이 중 태반이 죽었을 것이다.

그 후에는 노동의 연속이었다.

머리가 띵해질 정도로 세이라와 힐을 사용하며 돌아다녔다.

"영주님! 이분은 두개골이 함몰되었는데, 살 수 있을까요?"

"대장장이에게 이런 구조의 철판을 만들라고 지시해라."

"설마 이걸로 머리뼈를 대체하는 건가요?"

"그렇지."

이런 식으로 치료가 가능한지는 알 수 없다.

고대 로마 제국 시절에 이런 식으로 인공뼈를 만들어 덧댔다는 기록은 있었지만, 이만하면 위험한 대수술에 해당된다.

명령을 받은 병사가 대장장이로부터 얇은 철판을 받아왔다.

세이라조차 이게 성공할지 확신할 수 없었다.

머리에 이만한 중상을 입으면 죽는 것이 당연한 세상이었다.

아론은 즉석으로 만들어 낸 핀셋과 가위를 이용해 수술(?)에 들어갔다.

뭉개진 살점을 도려내고 부서진 파편을 걷어 냈다.

그 위에 얇은 철판을 삽입하고 힐을 시전했다.

나름의 뇌수술이 끝났다.

이후에도 응급 수술의 연속이었다.

뒤틀린 뼈를 맞추고 조각나서 어쩔 수 없는 경우에는 과감하게 절단했다.

치료소 한쪽에 그렇게 잘린 팔다리가 10개나 넘게 굴러다녔다.

바닥에는 피 웅덩이가 생기고 썩은 살점이 널려 있었다.

야만스러운 광경이었으나 이 시대에 이만한 치료술이면 첨단 의료 기술에 해당했다.

지구에서 일반인이 이런 수술을 하면 제정신으로 버티기란 힘들었다.

맨정신으로 어찌 팔다리를 잘라 낼까.

구역질이 치밀고 피비린내에 코가 마비될 지경이었으나 초인적으로 버텨 낼 뿐이었다.

머릿속으로 뭔가 생각을 하지 않으면 수술을 이어 갈 수 없을 정도였다.

'이번 웨이브만 막으면 내정을 할 시간이 생긴다.'

디펜스 워는 방어만 한다고 클리어할 수 있는 게임이 아니다.

내정과 전쟁, 탐험 등의 파트가 존재하는 만큼 영지를 다스리는 일은 필수적인 요소라 할 수 있었다.

시급한 일은 역시 식량의 수급이었다.

'초반에는 생존에 집중할 수밖에 없다. 국경 수비대의 보급 창고를 털어 오는 꼼수를 사용해야 해. 하지만 게임에서처럼 창고가 멀쩡하리라는 보장은 어디에도 없다.'

설정처럼 딱딱 돌아가는 세상이 아니다.

국왕이 국가를 포기했다면 제후들이 각자도생에 들어갔다는 뜻이다.

중앙의 지원을 받는 국경 수비대는 과연 어떨까.

도적으로 돌변하지 않으면 다행스러운 집단이 중세의 군대인 만큼 보급 창고가 약탈되었을 가능성이 매우 높았다.

그럼에도 확인을 해 봐야 하는 일이다.

변수가 아니면 한 달을 버티기 힘들어 보였다.

끊임없이 떨어지고 있는 시간도 아론의 정신을 압박했다.

[35:23:11]

가만히 있어도 시간은 흐른다.

주인공인 영주가 움직일수록 생존의 확률은 올라가는

법.

아론은 도저히 쉴 수가 없는 팔자였다.

"큭!"

"영주님! 이제 위험해 보여요. 좀 쉬시는 것이 어떤가
요?"

"……."

머리가 띵했다.

하도 신성력을 뽑아냈더니 눈앞이 아찔해지며 휘청거렸
다.

좀 더 신성력을 쓰면 기절할지도 몰랐다.

세이라는 아론을 치료소에서 강제로 밀어냈다.

"중상자들은 다 치료했어요. 경상자 정도는 제가 알아서
할게요."

"알겠다."

아론은 세 시간 만에 바깥 공기를 마셨다.

피고름 냄새가 가득하던 치료소에 있다가 나오니 살 것
같았다.

"사람은 적응의 동물이라더니."

지구에서 살 때라면 이런 상황을 견딜 수 있었을까?

막상 닥치니 다 됐다.

의학 지식이라고는 쥐똥만큼도 없었지만, 이 시대 사람
들이 볼 때에는 대단한 치료술이었다.

오히려 그게 문제였다.

상처를 소독하고 봉합하며 깨끗한 붕대로 감는 것.

기본적인 처치조차 존재하지 않는 세상이었으니, 아론이 직접 움직일 수밖에 없었다.

양동이에 받은 물로 손을 씻어 내자 짙게 절어 있던 피가 빠지며 사방으로 번졌다.

씻는 김에 얼굴도 닦았다.

곪은 상처를 도려내고 팔다리를 자르다 보면 동맥이 터져 얼굴에 피가 튀는 것은 예사였다.

그 탓에 아론의 온몸은 피로 절어 있었다.

"영주님께 보고 드립니다."

오십인장 잭슨이었다.

대충 물기를 닦아 낸 아론은 잭슨의 말에 몸을 일으켰다.

"무슨 일인가."

"지시하신 목책 건은 목수 출신 영지민들에게 맡겼습니다. 현재 검게 물들어 있는 부분은 잘라 내거나 일부를 철거해 태우는 중입니다."

"잘했다."

"신병 모집 역시 100명을 추가로 완료했습니다."

아론은 가볍게 고개를 끄덕였다.

이번 전투로 병사 중 100명이나 전투 불능이 되었다.

병력 200명은 정말 최소한으로 유지를 해야 하는 수치다.

그마저도 현지민을 징집하고 아론이 직접 기사로 참전해야 간신히 클리어가 가능한 수준이었다.

까딱 잘못하다간 골로 갈지도 몰랐고.

젊고 건장한 청년은 이미 병사이거나 부상을 당했다.

결국 노병과 어린 소년을 쓸 수밖에 없었다.

"……."

보고를 마친 잭슨은 돌아가지 않았다.

할 말이 있는 것이 분명했다.

"하고 싶은 말이 있으면 해라."

"영주님, 이대로 징집이 계속되면 청년이 남아나지 않을 것입니다."

"안다."

"가을 파종이라도 하려면 어느 정도 인원은 남겨 두시는 것이 어떨지요? 곧 밀을 심어야 합니다."

"농사에 대해 잘 알고 있군. 입대 전에는 목수였다고 하지 않았나?"

"아버지께서 소작농이었습니다. 그럭저럭 먹고 지낼 만했으나 악신의 군대가 가족을 전부 도륙하는 바람에 할 수 없이 목수가 되었지요."

흔해 빠진 사연이었다.

성벽이나 목책 안에서 생활하는 백성들은 그나마 보호가 되었지만, 농사를 지으려면 성이나 마을 밖으로 나가야 한다.

농사 자체도 힘들지만 이 시대의 농부란 목숨을 걸어야 하는 직업이었다.

유난히 곡물 가격이 높은 이유도 여기에 있었다.

언제 마물이 침공할지 알 수 없는 세상이었으므로 위험천만하게 작업을 해야만 했다.

가족 전체가 농업에 종사해야만 간신히 결실을 볼 수 있을 정도로 난이도가 높았으므로 모두 죽어 혼자가 된 상황이라면 목수가 된 것도 이해가 됐다.

아론은 무슨 말을 해 주어야 할지 잠시 생각했다.

"우리는 지도자다."

"예……?"

"살아남기 위해 어려운 결정을 내려야 할 때가 있지. 미래에 필요한 인력을 빼서 버티는 것이나, 당장 죽을 수는 없는 법. 우선 살아남는 것에 집중한다."

"제 생각이 짧았습니다."

"아니다. 잭슨 경도 생존에 대해 생각한 것뿐이지. 미래에 대해 논하는 것이 어찌 짧은 생각인가?"

"겨, 경이라니요. 당치도 않습니다."

"영지에는 기사가 필요해. 경은 그 쓰임에 맞게 태어난 것이다. 그 사명에 대해 생각해 보고 결심이 서면 찾아오도록."

"……!"

아론은 잭슨의 어깨를 두드리고 지나쳤다.

'먹혔나?'

알 수 없는 일이다.

클릭 한 번으로 기사를 등용하는 세상이 아니다 보니 어느 정도 영주와의 교감이 필요했다.

오십인장 잭슨 정도면 농민 집안 출신치고는 훌륭한 식견을 가진 편이었다.

반드시 기사로 등용해야 초반부를 넘길 수 있기에 나름의 수단을 동원한 것이었다.

언제고 작업(?)하려 했었는데 이렇게라도 의사를 전달할 수 있어 다행이다.

뜨거운 바람에 온몸이 진득거리자 절로 한숨이 나왔다.

"하…… . 정말 목욕이 간절하군."

영주가 지나간 자리.

잭슨은 치료소 앞에서 충격을 받은 채로 서 있었다.

치료소 안에서 간간이 흘러나오는 비명 소리 따위는 들리지 않았다.

오직 영주가 했던 말이 머릿속을 맴돌았다.

[경은 그 쓰임에 맞게 태어난 것이다. 그 사명에 대해 생각해 보고 결심이 서면 찾아오도록.]

잭슨은 '사명'에 대해 생각해 본 적이 없었다.

소작농의 자식으로 태어나 살아남기에 급급한 삶이었다.

그나마 전 영주는 꽤 관대한 통치를 했던 지배자라 먹고 사는 자체는 문제가 없었으나 이 시대의 농부라는 것은 목숨을 걸어야만 하는 직업이었다.

어린 시절에는 영지민을 먹여 살릴 식량을 생산하는 것이 사명이라고 생각했다.

그러나 그 생각은 가족들이 눈앞에서 갈가리 찢기고 난 이후 사라졌다.

농사는 가족 단위가 기본이었으므로 혼자가 된 잭슨은 다른 직업을 택할 수밖에 없었다.

목수로 일하던 2년 동안 많은 일이 있었다.

대부분은 목책을 수리하고 마물의 침공으로 망가진 구조물과 집을 짓는데 시간을 할애했다.

'그날'도 목책을 수리하는데 전념하던 중이었다.

마물의 침공에 미처 대피하지 못했던 잭슨은 자신의 앞을 막으며 죽어 간 기사의 검으로 마물의 목을 베었다.

"그래, 내게는 레울라 경의 유지를 이어야 할 사명이 있었던 거야."

그 이후 잭슨은 병사의 길을 걸었으나 항상 목이 말랐다.

기사가 되어 신분의 벽을 깨고자 함이 아니었다.

가족을 죽이고 생명의 은인을 죽인 놈들을 세상에서 쓸

어버려야 한다는 생각.

"그리하여 더 좋은 세상을 만들도록."

잭슨은 이 순간, 기사가 되기로 결심했다.

해가 질 무렵.

아론은 간단하게 목욕을 하고 식사했다.

메뉴는 빵 한조각과 스프, 고기 한 덩이, 와인 한 잔이다.

맛은 당연히 기대할 수 없었다.

언제 만든 것인지 알 수 없는 빵은 엄청 딱딱해서 스프에 적시지 않으면 이빨이 부러질 지경이었다.

소금이 귀해 간이 되지 않은 고기는 온갖 잡내가 가득했다.

사육하지 않은 가축을 그대로 잡아먹으면 잡내가 난다고 듣기는 했는데, 직접 먹어 보니 도저히 입에 댈 수가 없었던 것이다.

그나마 와인에 푹 절이면 향신료 역할을 해서 입에 욱여넣을 수 있는 수준은 됐다.

"오빠, 오늘은 윈드 에로우를 연마했어요."

"정말이냐?"

"네, 마법서를 보고 배웠거든요."

"장하다."

아론은 레냐의 머리를 쓰다듬었다.

누군가는 '고작'이라고 말할 수도 있었지만 스승도 없이 독학으로 마법을 배운다는 것은 불가능에 가까운 영역이었다.

그만큼 레냐의 성장 가능성이 크다는 뜻도 됐다.

'이번 웨이브만 막으면 던전을 탐사하여 마법서를 구해야겠어.'

극악 난이도의 게임이라도 100% 클리어가 불가능하게 만들어 놓지는 않았다.

애초에 그딴 것은 게임이 아니었으니, 작은 활로는 열어 놓기 마련이었다.

그중 하나가 레냐의 성장이었다.

도트린 마을 근처에 형성된 던전은 재앙이 아니다.

오히려 생존에 도움을 줄 수 있는 보물 창고였다.

슬슬 문명의 방향도 정해야 하고, 농업과 목축업을 부활시켜 미래를 대비해야 했다.

물론, 모든 것은 1챕터를 클리어한 후가 될 것이다.

벌컥!

"영주님!"

식당으로 칼슨 네드반이 쳐들어왔다.

종종 있는 일이었기에 아론은 당황하지 않았다.

"경이 호들갑을 떠는 것을 보니 뭔가 일이 생긴 모양이군."

"국경 수비대 제1 군진에서 구원을 청하는 서신이 당도했습니다!"

"정말인가?"

"예!"

지극히 낮은 확률로 발생하는 초반 돌발 퀘스트.

기대도 하지 않던 기회가 찾아왔다.

'기사와 병사를 수급할 수 있는 절호의 찬스다.'

[오라클 남작님께.

저는 북방 국경 수비대 제1 군진을 담당하고 있는 기사 바이렌 라블린이라고 합니다.

얼마 전 일어난 언데드 웨이브로 인해 군진은 완전히 고립되었으며, 지금은 간신히 버티고 있는 형국입니다.

군진 책임자였던 발몽 남작은 웨이브가 당도하기 직전에 도주하였으며, 식량도 얼마 남지 않은 상황입니다.

국왕께서도 왕국을 버리셨다는 것은 알고 있습니다.

오라클 영지 역시 큰 어려움을 겪고 있을 것으로 예상되지만, 자비를 베풀어 구원해 주신다면 그 은혜를 평생 잊지 않을 것입니다.]

감정을 최대한 배제한 채로 작성된 서신이었다.

서신이 전달되는 과정에 무슨 일이 있었던 것인지 종이

한 면이 피에 절어 간신히 글자를 식별할 수 있었다.

이 시점에서 아론은 그들을 구원해야 한다고 판단했다.

문제는 아군에 그럴 여유가 있냐는 것이었다.

'무조건 구해야만 1챕터를 클리어할 수 있다. 다만 몇 명이 될지도 모르는 병력을 먹일 만한 식량이 있냐는 거지.'

서신을 읽기 전에는 군진에 보관되어 있는 식량을 가져올 수 있겠다는 기대를 했었다.

하지만 서신 안에는 식량의 상황이 어떤지도 적혀 있었다. 발몽 남작이 대부분의 식량을 털어 도주했다고.

아론은 칼슨 경에게도 서신을 읽게 했다.

평소 웃음을 잃지 않는 칼슨이었지만 이건 영 아니었던지 와락 얼굴을 구겼다.

"정말 빌어먹을 작자 아닙니까!? 귀족의 책무를 등한시하다니요. 이런 인간은 지도자로서의 자격도 없습니다!"

"각자도생하는 세상이다. 국왕마저 왕국을 버렸는데, 자신의 영지도 아닌 국경을 방어한다고 목숨을 걸 이유는 없었던 거지."

"그렇다고 행동이 정당화되는 건 아닙니다."

"누가 정당하다고 했나. 사람의 성향에 따라 다르다는 뜻이다."

"하……. 저희 영지는 정말 운이 좋습니다. 영주님과 같은 지도자가 계시니까요."

"……."

기사들은 종종 낯 뜨거운 말을 아무렇지도 않게 했다.

어쨌든, 아론은 현실적인 문제를 생각해 봤다.

[28:32:11]

'다음 웨이브까지 하루 조금 넘게 남았다. 국경까지 말을 타고 달리면 대략 반나절. 변수라도 생기면 끝장이겠군.'

이놈의 시간이 아론을 괴롭혔다.

시간이라도 넉넉하다면 망설임 없이 구원을 갔을 테지만, 너무 빠듯해서 고민이 된다.

아론은 다른 관점에서 생각을 해 봤다.

'원래부터 디펜스 워는 아슬아슬함이 일상이다. 조금이라도 안일하게 플레이를 했다가는 DIE가 뜨지. 이번에도 마찬가지야. 식량이고 나발이고 병력 증원이 없으면 클리어 자체가 불가능할 것이다.'

튜토리얼은 레냐를 기용해 어찌어찌 넘길 수 있었다.

1챕터 역시 어떻게든 클리어해야겠다고 여겼지만, 구체적인 방법은 떠오르지 않는 중이다.

이런 와중에 돌발 퀘스트가 발생했으니 결코 우연이라 생각할 수 없었다.

추가 병력이 없으면 반드시 [DIE]를 볼 수도 있다는 뜻이다.

마우스로 유닛을 조종하는 중이었다면 주인공이 죽는 것을 각오하고 여러 가지 플레이를 해 봤겠지만 현실에서는 그런 도박을 감행할 수 없었다.

결국 이건 강제 퀘스트다.

"긴급회의를 개최한다. 경은 지금 당장 가신들을 소집해라."

"네!"

회의실에 모인 가신들은 다들 피로에 절어 있었다.

할 일은 많고 사람은 적으니 어쩔 수가 없는 일이다.

이 자리에는 영지의 기사 셋과 재무관 카일, 아론의 여동생인 레냐, 오십인장 잭슨이 자리했다.

잭슨은 가신단 회의에 불려 와 몸 둘 바를 모르고 있었다.

이 시대의 신분제란 칼 같은 면이 있었다.

세상이 멸망지경이라지만 애초에 제후는 영지에서 왕처럼 군림했기에 신분제가 무너지지 않았다는 설정이다.

아론이 잭슨을 불렀다는 것은 '준가신'의 직위를 내렸다는 뜻이다.

잭슨은 뭔가 결심을 한 듯했지만, 기사가 되려면 따로 찾아오라는 아론의 말이 생각나 가만히 입을 다문 듯했다.

아론은 가신들의 얼굴을 하나하나 훑었다.

"카일 경은 눈이 왜 그러나?"

"허허허, 늙으니 피로함을 이기지 못하는 것이지요."

"그런 것치고는 너무 시퍼런데. 누구에게 맞았나."

"허험, 그런 것 아닙니다."

"하여간 경도 어지간히 해. 그러다 제 명에 못 산다."

"……."

또 부인에게 맞은 모양이다.

오십이 넘어 바람피우길 예사였으니 한바탕 난리가 나는 것도 당연한 일이었다.

영지가 위기에서 벗어났다고 바로 여자를 찾으니 카일 경도 어떤 의미에서는 대단한 남자였다.

아론은 간단하게 인사(?)를 하고 본론으로 넘어갔다.

"읽어 봐라."

잭슨을 제외하면 글을 모르는 가신은 없었기에 다들 피에 절어 있는 서신을 돌려 봤다.

가신들은 눈살을 찌푸렸다.

군진 사령관이 귀족의 의무를 저버리고 도주했다니, 분통이 터지는 것이다.

그것도 모자라 발룽 남작은 도주하면서 식량 창고를 털어 갔단다.

자신의 영지 병력까지 빼 가는 바람에 간신히 버티는 형국이라고 했다.

레냐도 발뭉 남작을 좋게 보지 않았다.

아론의 영향을 받아 '귀족의 의무'를 주입받았으니, 뭔 쓰레기라도 보는 듯 표정이 일그러졌다.

이런저런 감정이 휘몰아치는 가운데 아론은 딱 본론만 이야기했다.

"다음 웨이브까지 28시간 남았다."

"……!"

"여신께서 계시하시었으니 틀림없다. 이번에도 만만치 않은 방어전이 될 것이니 군진에 존재하는 병력이 필요해."

"계시……라면 틀림없겠군요. 문제는 식량입니다."

"그렇지."

"시간 안에 돌아올 수 있을지도 알 수 없어요."

"맞다."

"그럼에도 가야 하는군요."

아론은 고개를 끄덕였다.

가뜩이나 식량이 모자랐는데 병사들이 외부에서 유입되면 그만큼 버틸 수 있는 시간이 줄어들 수밖에 없다.

군진에 남은 식량은 거의 없다고 한다.

1챕터를 클리어해도 문제가 발생할 것이다.

'당장 죽는 것보다는 낫지.'

"내가 경들을 부른 이유는 가부를 결정하자는 것이 아니다. 할 일을 배정하기 위함이지."

"영주님의 뜻에 따르겠습니다."

"이번 웨이브는 도트린 마을에서 막는다."

"예!?"

기사들이 깜짝 놀라서 아론을 바라봤다.

조금 어설퍼도 목재 성벽이라도 존재하는 본령에서 막는 것이 유리했다.

상식이 그랬다.

그러니 이번에는 반대 의견이 만만치 않았다.

"차라리 도트린 마을에서 백성들을 철수시키는 편이 나을 것 같습니다."

"맞습니다. 지금이라도 사람을 보내면 늦기 전에 본령에 도착할 수 있어요."

줄줄이 쏟아져 나오는 의견에, 사실 아론도 그러고 싶었다.

문제는 페널티였다.

도트린 마을로 침공하기에 그곳에서 막아야지, 여기까지 병력을 철수시키면 영토를 잃는 것은 물론이고 어떤 페널티가 생길지 몰랐다.

아론은 그 당위성을 포장해서 설명할 필요가 있었다.

"도트린 마을의 기반을 잃을 수 없다. 본령에서 도트린 마을까지 농지가 이어져 있지 않나. 미래를 생각하면 농업에 특화된 마을을 잃어버릴 수 없는 것이다. 마이어 경은 아침이 되는 즉시 병력을 이끌고 마을로 출발해라. 마을에도 울타리 수준의 목책은 있을 것이니, 최대한 보강하도록."

"진심이십니까?"

"반대 의견은 불허한다."

가신들은 뭐라고 말하려 하였지만, 아론이 워낙에 강경했다.

'뭔가 생각이 있으실 것이다.'

'여신께서 계시하셨나?'

'오빠의 판단이 틀릴 리는 없어.'

'주군을 믿는다.'

아론은 영주가 된 자신의 판단이 틀리지 않았음을 증명했다.

실패를 하기 전까지는 이런 강경한 모습이 먹혀들어 갈 것이다.

"명에 따릅니다."

"모집된 신병은 잭슨 경이 지휘한다. 할 수 있겠나."

"제, 제가 말입니까?"

"현 시간부로 잭슨 경은 준기사다. 시간이 많으면 군주와 대면하는 시간을 갖고 여러 절차에 따라 임명하겠으나 그럴 수 없는 환경임을 이해해라."

쿵!

잭슨은 무릎을 꿇고 머리를 박았다.

"주군의 신뢰에 목숨으로 보답하겠습니다!"

"레미나 경은 본성의 행정을 정비하고, 내일 저녁까지 도트린 마을로 와라."

"예!"

"칼슨 경은 50명의 병력을 선발해, 나와 함께 제1 군진으로 간다."

"오오! 모험이군요! 바로 준비하겠습니다!"

"레냐는 쉬다가 내일 천천히 도트린 마을로 오도록 하고."

"저도 오빠를 따라가겠어요!"

"굳이 그러지 않아도 된다."

"그것이 귀족의 의무잖아요? 도망치는 것이 아니라."

아론은 레냐 오라클을 바라봤다.

이글이글 타오르고 있는 눈.

직접 정신 교육(?)을 시키긴 했지만 이 정도로 잘 먹힐 줄은 몰랐다.

15살이지만 발육이 늦어 꼬맹이 모습을 한 레냐가 결연한 표정을 지으니, 상당히 귀엽게 보이기도 했다.

절로 머리에 손이 올라갔다.

"고맙다."

"다, 당연한 일이에요! 우리는 혈육이잖아요? 죽어도 같이 죽어요."

아론이 자리에서 일어나자 가신들도 모두 일어났다.

출정을 앞두자 목소리에 절로 힘이 들어갔다.

"우리는 생존할 것이다!"

깊게 내려앉은 어둠.

50명의 병력을 거느린 아론은 최대한 빠르게 언데드가 깔린 대지를 뚫고 지나갔다.

지금 향하는 제1 군진은 신성 보호막 바깥에 위치하고 있었다.

충분히 위험한 여정이었으며, 곳곳에 언데드가 돌아다녀 하나씩 베어 넘기면서 전진해야 했다.

퍼억!

푸하학!

하급 좀비의 머리통이 날아가며 썩은 피가 튀었다.

얼마나 많은 언데드를 잡으면서 왔는지 마갑까지 검은 피에 절을 지경이었다.

선두에는 아론이 섰다.

나름 주인공 보정을 받아 몸이 튼튼했고, 스킬 중에 '힐

(Heal)'이 존재했기에 상처를 자가 치유할 수 있었다.

주인공은 오랜 시간 성기사 수업을 받았다는 설정이었으므로 '탱.딜.힐'의 포지션이 가능했다.

사서 고생 같지만 꼭 그런 것만도 아니었다.

[경험치 30이 올랐습니다!]
[경험치 30이 올랐습니다!]
……
[레벨이 올랐습니다!]

여기까지 오는 동안 레벨이 올랐다.

전투를 함으로써 레벨을 올릴 수 있었으니 나쁘지 않았다.

이번 원정에 참여하고 있는 병사들의 레벨도 올랐다.

가장 큰 이익이라면 레냐 오라클의 레벨 업이었다.

'나쁘지 않군.'

하급 좀비들이라고 해도 숫자가 많아 뚫는데 꽤 시간이 걸렸다.

제1 군진이 내려다보이는 언덕에 도착했을 때에는 여명이 어슴푸레하게 번져 나가고 있었다.

대수림 전체를 비추는 아름다운 태양빛과 다르게 군진에 펼쳐진 광경은 참혹하기 이를 데 없었다.

성문은 반쯤 부서져 꾸역꾸역 언데드가 몰렸으며, 검은 핏물이 성벽 전체에 칠갑되어 있었다.

사방에 널려 있는 팔다리와 내장, 살점까지 항상 보던 광경이 아니라면 토악질을 해도 이상하지 않는 참상이었다.

500마리는 되어 보이는 언데드의 공격에 제1 군진은 함락 직전이었다.

꿀꺽!

다들 침음을 삼키는 가운데 아론의 눈앞에 반투명 창이 떴다.

[데모닉 중급 병사로 UP 가능]
[가스란 중급 병사로 UP 가능]
......
[벡터 상급 병사로 UP 가능]
[라우젠 상급 병사로 UP 가능]
......

왕국 최북단 국경선 제1 군진.

최전선에서 마물을 방어해야 하는 국경선은 무너진 지 오래였다.

워낙 많은 마물 군단이 밀려와 왕국군은 대장벽을 포기하고 군진을 만들어 방어했다.

본대를 제외하고 총 3개의 군진이 존재했으며, 각 군진은 사령관 휘하의 제후가 부임하였다.

제1 군진에는 총 300명의 군대가 주둔하고 있었다.

이 중 반이 발뭉 남작의 군대였으며 나머지 반은 중앙군이다.

불과 일주일전까지는 어떻게든 버텼다.

사건의 발단은 국왕의 포고문이 도착한 이후부터였다.

왕이 영토와 백성을 포기한다는 것.

수도가 멸망 직전이었기에 각자도생을 하라는 유언이었다.

그 후 군진은 대혼란에 빠졌다.

국왕마저 포기한 땅을 지켜야 하는가?

전투가 한창이던 이틀 전, 군진 사령관 발뭉 남작은 빠르게 자신의 병력을 추스른 후 식량까지 챙겨 도주했다.

미처 도주하지 못한 중앙군은 사방에서 몰아치는 언데드를 막으며 죽을 날만 기다리고 있었다.

"바이렌 경! 우리도 도망칩시다!"

"오라클 남작에게 구원 요청을 했다! 조금만 버티면 구원군을 보낼 것이야!"

"웃기지 마십쇼! 형님은 아직도 귀족을 믿으십니까? 국왕마저 우릴 버렸습니다!"

"닥쳐라! 국왕께서는 수도가 함락되기 전, 유언을 남기신 것이다. 여기서 나가면 다 죽는다."

꾸역꾸역 밀려드는 언데드.

반쯤 뜯겨 나간 성문으로 비집고 들어오는 시체의 군단은 보기만 해도 오금이 저릴 정도였다.

다리가 뜯겨 나간 좀비는 엉금엉금 기어와 병사의 발을 무는 끈질김을 보였다.

살점이 뜯긴 병사는 비명을 지르며 적들에게 삼켜졌다.

지금껏 어떻게든 버티고 있었으나 군진 전체가 무너질 조짐을 보이고 있었다.

두 기사의 생각이 판이했기에 병사들 사이에서도 내분이 일어났다.

고작 50명 남은 병사들 가운데에서도 의견이 갈렸으니 전멸은 기정사실로 보였다.

기사 말도르는 도저히 희망이 없다고 봤다.

'귀족새끼들을 믿으라고? 저 살자고 우리를 버리고 식량까지 털어 간 인간을? 귀족 놈들은 똑같다!'

여기저기에서 들리는 비명 소리에 울분이 터질 지경이었다.

이런 상황에서도 군진 임시 책임자인 바이렌은 오라클 남작의 구원군을 기다리고 있었으니, 그토록 미련해 보일 수가 없었다.

말도르는 도주할 각만 쟀다.

물론, 혼자 도주할 생각은 하지 않았다.

그 역시 기사였다.

귀족은 자신들을 버렸으나 말도르조차 그리한다면 발뭉 남작과 다를 바 없는 인간이 된다.

꽈직!

"형님! 마지막입니다. 성문이 뜯겼어요!"

"조금만 더 막으면……!"

언데드 군단이 한꺼번에 밀려들기에 더 이상은 버틸 수 없다.

바이렌조차 포기해야 하나 고심하고 있던 그때였다.

쿠아아앙!

어디선가 날아온 마법이 성문 입구를 때렸다.

강력한 바람에 성문에 끼어 있던 언데드들이 넘어지며 검은 핏물이 쥐어짜졌다.

그리고 들려오는 반가운 말발굽 소리.

두두두두!

"구원군이 왔다!"

"와아아아!"

"구, 구원군?"

적을 베어 넘기던 바이렌의 얼굴에 화색이 돌았다.

성벽 위에서 언데드를 찍어 내고 있던 병사가 소리를 질렀다.

"오라클 남작께서 직접 오셨습니다!"

"역시 오라클 남작은 참된 귀족이구나!"

잠시 후, 광휘를 뿜어내는 백색의 기사가 나타나 전장을 휩쓸었다.

좁아터진 성문으로 언데드 군단이 꾸역꾸역 밀려들어 가던 참이었다.

성문은 박살이 나고 위기가 가중되고 있던 순간이다.

아론의 군대가 밀고 들어갔다.

"여신께서 함께하신다!"

"와아아아!"

"베일리를 위하여!"

전투가 시작되기 전, 아론은 반투명의 창을 통해 병사들이 승급을 앞두었다는 사실을 알았다.

하급 병사 중 10명이 중급으로 승급했으며, 상급 병사도 셋이나 나왔다.

상급 병사는 최상급으로 한 번 더 승급할 수 있으며, 그 이후에는 예비 기사가 된다.

이번 한 번의 전투로 경험치를 쌓아 승급하는 것은 아니었고, 튜토리얼에서 미친 듯이 싸웠기에 가능한 일이었다.

아론은 다시 한번 베일리를 팔아먹을 수 있었다.

[여신께 선택받은 자들은 힘을 얻으리라.]

[어? 갑자기 날아갈 것 같습니다!]

[이런 기적이!?]

몇 번의 연기로 단련된 아론은 얼굴에 철판을 깔고 승급을 여신의 기적으로 포장했다.

상식적으로 인간의 육신을 가진 영주가 그런 힘을 주었다고 하면 믿지 못할 것이다.

하지만 신의 사도인 아론이 여신께 청하여 힘을 내려 주었다면?

신의 사도로서 정통성(?)이 더해진다.

신과 함께하고 있다는 믿음 때문인지 병사들은 광전사나 다름없이 싸웠다.

아직 승급하지 못한 병사들도 느끼는 바가 있었던 것인지 눈에 광기(狂氣)마저 어렸다.

아론의 레벨 업도 전투에서 중요한 역할을 했다.

[사방 60m 내에 신성의 오라가 발현됩니다.]

[HP 회복률 +2]

[언데드에 대한 대미지 +2]

신성한 오라에 스킬을 하나 투자한 결과였다.

나머지 하나의 포인트는 힐에 투자해 회복력을 높였다.

고작 스킬 포인트 두 개가 더해진 것뿐이지만 튜토리얼을 진행할 때보다 난이도가 낮아졌다.

병사들의 랭크도 올라 내지르는 검과 창에 날카로움이 더해졌다.

퍼어엉!

레냐의 마법도 많은 도움이 됐다.

공격 마법을 습득해 한 번에 두셋씩 언데드의 머리통을 날렸다.

아론이 전투의 한복판으로 들어가 미친 듯이 적을 썰어 댔으니, 이에 감명을 받은 군진의 병사들도 내응에 들어갔다.

앞뒤에서 포위를 한 채로 30분 정도 전투를 이끌자 마침내 이 부근의 모든 언데드를 정리할 수 있었다.

아론은 드디어 성문 반대편의 병력과 조우했다.

그곳에는 피 칠갑이 된 기사 두 명이 병력을 지휘하고 있었다.

"어서 오십시오, 남작님! 제가 군진의 임시 책임자인 바이렌 라블린입니다."

"경이 서신을 보냈나."

"예! 오라클 영지도 녹록한 상황이 아닌 것으로 아는데, 이렇듯 구원을 해 주시니 감사할 따름입니다."

바이렌의 동공은 갈피를 잡지 못하고 있었다.

이제 끝장이라고 생각하고 있었을 텐데 살아남게 되었으니, 지금 느끼는 감정은 매우 강렬할 터였다.

일부러 노린 것은 아니었지만, 대체적으로 병사들도 그와 눈빛이 비슷했다.

'생존자는 대충 50명인가.'

예상보다는 적었다.

이보다 많으면 좋았겠다고 내심 생각했지만 그랬다가는 식량이 더 빠르게 줄어들어 전반적인 생존에 큰 부담이 됐을 것이다.

지독한 딜레마가 아닐 수 없다.

"바이렌 경, 내가 군진의 지휘권을 인수해도 되겠나."

"물론입니다! 사령관은 사망하셨고 군진을 지키던 발뭉 남작은 도주했습니다. 지금쯤 죽었을지도 모르겠군요. 계승 서열을 따져도 남작님께서 지휘권을 받으시는 것이 맞습니다."

"바로 몸을 빼야 한다. 사방이 마물이니 언제 놈들이 밀려올지 모른다."

"준비하겠습니다!"

전장이 정리되었다.

지금은 시신을 매장할 틈도 없었다.

이 정도 소란을 피웠으니 근처를 배회하던 언데드들이

몰려올 것은 기정사실이었다.

아론은 바로 떠나고 싶었지만, 군진의 병사들은 발길이 떨어지지 않는 듯했다.

'지금은 시험 무대지.'

왕국 법에 따라 아론이 지휘권을 인수하였다지만 국왕의 뻘짓이 문제였다.

국왕이 주권을 포기한다는 서신을 각지에 날리는 바람에 법이 유명무실해졌다.

그나마 봉건제 사회였기에 영지 내부 권력은 흔들리지 않았으나, 국왕에게 충성을 맹세했던 중앙군에게 충성을 받아 내는 것은 문제가 또 달랐다.

지금은 '약 팔이'가 필요한 상황이었다.

"칼슨 경!"

"네, 주군!"

"적들이 어디까지 접근하고 있는지 살피고 성문에 병력을 배치하라."

"알겠습니다!"

칼슨은 명령대로 움직였다.

영지군도 마찬가지였다.

아론은 바이렌을 불러 대충이라도 동료들의 시신을 가져와 화장하게 했다.

"진심……이십니까?"

"분명히 위험한 상황이다. 허나 이대로 가면 전우들이 언데드로 변해 일어날 것 아닌가."

"남작님……."

"10분을 주겠다. 그 이상은 무리야."

"충분합니다."

칼슨과 병사들은 빠르게 움직였다.

'통했나?'

군진 병사들의 얼굴에 감동이 차올랐다.

눈물까지 흘리는 자들도 있었다.

중세인이라고 해서 머리가 빈 것은 아니다.

전우가 언데드로 살아날 수도 있으니, 무리해서라도 시간을 내 화장시킨다는 뜻을 모를 리가 없었다.

게임 속이라면 '충성도가 올랐습니다'라는 문구가 표시되기에 충분한 상황이었다.

물론, 아론의 입장에서는 그럴 만했기에 이런 지시를 내린 것이다.

영지군 일부는 승급했고, 전투를 할수록 강해졌다.

생각 같아서는 주변을 돌아다니면서 레벨 업을 시키고 싶었지만 그럴 시간이 없었다.

이렇게라도 전투 경험을 쌓길 바라는 아론의 의도가 깔려 있었다.

예상대로.

[벅 중급 병사로 UP 가능]

[프란 중급 병사로 UP 가능]

하나씩 승급이 가능하다는 반투명의 창이 떴으니 일석이조였다.

영지군이 성문을 막고 있는 동안 근처의 시신들이 차곡차곡 쌓였다.

아론은 대충이라도 목재들을 가져와 시신에 불을 붙였다.

"여신 베일리여, 부디 당신의 백성들을 천국으로 인도하소서."

그는 간단하게 축사까지 했다.

'신성한 오라.'

은은한 광휘까지 펼쳐 주면 완벽한 시나리오다.

임시 사령관이었던 중급 기사 바이렌은 간신히 눈물을 참고 있었다.

병사들은?

대놓고 눈물을 줄줄 흘렸다.

'잘 흘러가고 있……다아?'

흡족하게 웃고 있던 아론은 영지로 돌아가기 직전, 초를 치는 놈 때문에 와락 얼굴을 구겼다.

"구해 주신 은혜는 잊지 않겠습니다. 하지만 저희는 따로 움직이겠습니다."

"말도르! 정말 이럴 것이냐!"

"바이렌 경! 아니, 형님! 아직도 모르시겠습니까? 전부 연기입니다! 어차피 가자마자 전투를 해야 할 겁니다. 우릴 이용하기 위해 이러는 거요."

"……."

말도르의 사정없는 팩트 폭격에 아론은 내심 뜨끔했다.

애초에 군진의 병력을 방어군으로 재활용하기 위함이 아니었다면 여기까지 와서 위험을 감수할 필요가 없었다.

지금 상황이 연기인 것도 맞다.

'이 새끼, 이거 위험하군.'

여신의 이름을 팔아 포장하는 것은 아론의 특기였다.

지금까지 잘 먹히기도 했고, 광휘를 뿜어내는 스킬까지 있었기에 신앙심이 뿌리까지 박혀 있는 중세인들에게는 반드시 통할 것이라고 여겼었다.

문제는 모든 사람이 같을 수는 없다는 것이다.

인간의 성향이 일괄적일 수는 없었으니까.

말도르의 상황도 이해는 됐다.

국왕이 왕국을 버렸으며 군진을 책임지던 귀족이 도주했다.

그러니 귀족에 대한 불신이 뿌리 깊게 자리 잡을 수 있는 사건이었다.

하지만 그건 놈의 입장이었고, 아론의 입장은?

꽈직!

"커어억!"

아론이 몸을 날려 말도르의 죽통을 날려 버렸다.

"……!"

병사들이 뜨악한 표정을 지었다.

고귀한 귀족이 시정잡배처럼 주먹을 쓸 줄은 상상도 못 했을 것이다.

"모든 귀족이 그렇지는 않다. 다들 잘 들어라. 왕국만이 아니라 전 대륙에 걸쳐 멸망이 진행되고 있다. 따로 움직이면 모두 죽는다. 네놈은 자신을 따랐던 장병들을 사지로 몰아넣을 생각이냐!"

"크으! 당신은 우리를 철저하게 이용……."

척.

아론은 놈이 뭐라고 말하기도 전에 목에 칼을 댔다.

"네놈에게는 단 두 가지의 선택지만 있다."

"그게 뭐요?"

"혼자 떠나든지, 함께 영지로 가든지."

"둘 다 싫다면?"

"이 자리에서 벤다."

제5장
챕터 1

일촉즉발의 위기 상황이었다.

잘못하면 군진 내의 병력 반이 잘려 나간다.

아무리 정예라고 해도 고작 25명을 구하기 위해 이 고생을 한 것은 수지 타산이 맞지 않았다.

영지군 일부가 승급한 것은 나름의 성과라고 할 수 있겠지만.

"끼에에엑!"

"꾸어어억!"

성문에서는 전투가 한창이었다.

칼슨 경의 지휘 아래 일치단결한 병사들이 효과적으로 적을 막아 내고 있었다.

이 역시 레벨 업을 하는 중이었기에 아론은 그다지 쫄리지 않았지만 상대방의 입장은 전혀 아니었다.

당장이라도 언데드 군단이 밀려들어 와 탈출조차 하지 못할 상황에 이를 것이라 생각하고 있었다.

그럼에도 아론은 흔들림이 없었다.

주르륵.

말도르의 목에 피가 흘러내렸다.

목을 베겠다는 아론의 말은 진심이었다.

'폭풍의 기사 말도르. 초반부를 넘어가면 상당한 무력을 갖추게 되지. 돌발 퀘스트로만 얻을 수 있기에 굉장히 희귀한 캐릭터다. 하지만 지금 상황이 게임처럼 딱딱 맞춰 돌아가지 않는 이상, 분란을 일으킨다면 벨 수밖에 없어.'

아까워도 별수 없었다.

최선을 다해 보겠지만 발암 요소를 가진 녀석을 이끌고 갈 필요는 없는 것이다.

꽉 다물어져 있던 말도르의 입술이 달싹거렸다.

"당신이 다른 귀족과 다르다는 것을 어찌 증명할 거요?"

"다른 귀족은 내 알 바가 아니다. 주어진 책무를 다할 뿐이다."

"가슴에 손을 얹고 말하시오! 우리가 영지로 가면? 바로 전투에 투입되는 것은 기정사실이 아닙니까!"

"여신께서는 시련을 주시니 바로 전투에 들어가야 할지도 모르지. 허나 그 위기를 넘기면 희망이 있다. 지금의 너는 자신을 따르는 자들을 사지로 몰아넣으려 한다. 귀족으로서 그런 무책임한 행동을 방치할 수는 없다."

퍼억!

말도르가 주먹으로 애꿎은 땅을 내려쳤다.

그러자 살갗이 까지며 피가 흘렀다.

"지켜보겠소!"

"지켜볼 것이라면 예의를 지켜라."

"……알겠습니다."

그제야 아론은 검을 거두었다.

참고 있던 숨이 여기저기서 터져 나왔다.

이 자리에서 말도르가 죽었다면 정말로 무슨 일이 생겨도 생겼을 테니까.

"뚫고 간다!"

두두두두!

아론을 선두로 100명 정도의 병력이 언데드가 가득한 대지를 가로질렀다.

여기저기서 지독한 살의가 느껴졌다.

땅은 검게 물들었고, 끊임없이 언데드가 튀어나왔다.

한 가지 다행스러운 점이라면 아직 초반부였기에 몬스터의 레벨이 높지는 않다는 것이다.

아론을 중심으로 기사들이 닥치는 대로 길을 뚫으며 질

주했다.

병사들은 굳이 검을 휘두르지 않고 언데드를 밟고 지나
갔다.

[전투 마 루루의 레벨이 올랐습니다!]
[전투 마 샤렌의 레벨이 올랐습니다!]

"……."

이 세계에는 말도 레벨 업을 한다.

레벨이 오르는 동시에 힘과 지구력, 체력 등이 향상되었
다.

스탯까지는 어떻게 조종을 못 하지만 매우 긍정적인 효
과였다.

얼마나 달렸을까.

밤을 새웠기에 온몸은 물먹은 솜처럼 무거워지고 체력이
떨어지는 것이 보였다.

아론조차 바로 쓰러져 자고 싶을 정도였으니, 병사들은
말할 것도 없었다.

그나마 신성한 오라가 체력을 지속적으로 회복시켜 주고
있었기에 버티는 것이다.

"신성한 보호막이다!"

"영지에 도착했다!"

"아니, 저건……?"

영지를 둘러싸고 있는 투명한 막.

이미 안에 들어가 있는 몬스터까지는 어쩔 수가 없다고 쳐도, 외부의 적은 내부로 침입할 수 없었다.

이는 시스템으로 형성된 절대적인 진리였다.

드래곤이 쳐들어온다고 한들 보호막이 걷히기 전까지는 뚫을 수 없다.

그제야 군진 병사들은 아론의 말이 사실이라는 것을 깨달았다.

"정말로 오라클 남작은 여신의 가호를 받는 건가?"

"그게 아니면? 저런 기적을 어떻게 설명하겠어?"

웅성웅성.

여기까지 왔으니 미친 듯이 달릴 필요는 없었다.

영지 본령을 비롯해 도트린 마을까지 이어진 보호막은 정확하게 원을 그리고 있었다.

이렇게 보니 꽤나 넓은 권역이다.

제렌스 경이 병사들을 이끌며 도트린 마을 주변을 정리한 탓인지 북쪽 방면에는 몬스터가 거의 없었다.

'남쪽이 문제겠지.'

도트린 마을 남쪽에 던전이 있었다.

이번에 부상자가 많이 발생한 이유도 던전으로 언데드가 모여드는 특성 때문이었다.

마을로 이어지는 길 위에는 머리통이 박살 난 언데드의 시신이 널려 있었다.

몬스터 자체는 어찌어찌 정리했지만, 시간이 없어 시신을 치울 수는 없었다.

그 탓에 썩은 냄새가 진동했다.

마을 주변에 잘 정리된 농지가 보였다.

종종 썩은 시신이 방치되어 있다는 것이 문제였지만, 이번 챕터만 넘기고 나면 충분히 경작을 할 수 있을 정도로 기름졌다.

도트린 마을은 원래 울타리 정도로 작은 방어 시설이 있었지만 하루 만에 그럭저럭 목책 비슷하게 만들어 놓기는 했다.

밤새도록 마을 주민과 병사들이 합심을 한 결과였다.

두두두두!

아론의 군대가 모습을 드러내자 마이어 경이 몇몇 병사들만 이끌고 달려왔다.

"주군! 괜찮으십니까!"

"괜찮다."

"아가씨께서도 무사하시니 다행입니다."

마이어 경은 가슴을 쓸어내렸다.

이 끔찍한 상황 속에서 구심점이라고는 아론이 유일했다.

게임 설정상, 여성 인권이 중세치고는 높았지만 레냐가 영주가 되면 오래 버티지 못할 것이다.

즉, 아론이 죽으면 영지 자체가 무너진다고 해도 과언이 아닌 것이다.

마이어 경은 군진의 기사들과도 인사를 했다.

"기사단장 마이어요."

"바이렌 라블린입니다."

"말도르 카브란."

"……."

바이렌과 마이어 경은 웃으며 악수를 나누었지만, 말도 르는 복잡한 심경을 굳이 감추지 않았다.

인사도 건성으로 하는 게, 여전히 혼란스러운 것 같았다.

아론은 마이어 경과 말 머리를 나란히 했다.

"병력 200을 채웠으나 그중 반이 신병입니다. 노병까지 징집해 100명을 예비대로 두었습니다."

"예비대로 둘 병력은 없다. 모조리 투입한다."

"알겠습니다."

이만하면 '영끌'을 했다고 해도 과언이 아니다.

이번 전투에서 많은 사상자가 발생하기라도 하면 영지에 미래 따위는 없었다.

난민을 구조한다고 해도 마찬가지다.

가능하면 병력은 보존을 해야 했다.

이번에 새롭게 건설된 목책은 어설프기 짝이 없었다.

그래도 마을 전체에 목책을 두르긴 했으니 기적에 가까운 일이었다.

아론은 반투명한 창에 집중했다.

[03:25:01]

"후우."

한숨이 나왔다.

밤을 새워 싸운 병사들을 어떻게든 쉬게 해야 한다.

"두 시간 후 기상한다."

"예!"

병사들은 군말하지 않았다.

그들은 대충 아무렇게나 자리를 잡고 기절했다.

바이렌과 말도르는 잠이 오지 않는지 휴식을 취하기보다는 마을의 분위기와 구조를 살폈다.

칼슨 경은 아론의 명령이 떨어지자마자 병사들과 뒤섞여 잠들었으니, 참으로 속도 편한 놈이 아닐 수 없었다.

아론 역시 피곤하긴 마찬가지였지만, 잠잘 수 있는 팔자는 아니었다.

"주군."

"말하라."

"군진에서 무슨 일이 있으셨습니까?"

바보가 아니고서야 말도르의 행동에 의아함을 느낄 것이다.

아론은 그곳에서 있었던 일을 간추려 설명해 주었다.

마이어 경의 얼굴이 와락 일그러졌다.

"꽤 위험해 보입니다. 만약 주군의 뜻에 따르지 않는 자라면……."

"베어야지."

"그렇군요."

이것으로 말도르에 대한 건은 일단락되었다.

아론은 단호했고, 마이어 경은 더 이상의 말을 삼갔다.

도트린 마을 광장.

의심에 가득 찬 말도르 카브란은 바쁘게 마을을 돌아다녔다.

이른 아침부터 열심히 일하는 백성들의 이마엔 구슬땀이 흘렀다.

분명, 마을의 상황은 썩 좋은 편이 아니었다.

어설픈 목책은 무너질 것처럼 위태로웠고, 이래저래 반파된 주택이 즐비했다.

기반이 완전히 무너진 것은 아니었지만, 이럴 바에는 본성으로 퇴각해 적을 막는 것이 낫겠다는 생각마저 들었다.

궁금증에 휩싸인 말도르는 지나가는 백성을 붙잡고 질문을 던졌다.

"도대체 왜 본성이 아닌 마을에서 적을 막는 것이냐?"

"그것이 영주님의 뜻이니까요."

"그러니까, 왜?"

"듣기로는 농지가 망가지지 않도록 지켜야 한다는데, 저희 같은 것들이야 명령하면 따르는 것이 순리 아니겠습니까?"

"자네의 생각보다 영주의 명령이 더 중요한가?"

"그분은 신의 사도입니다. 여신의 계시를 받는 분이시니 항상 옳습죠."

"허……."

백성은 바쁘다는 듯 돌짐을 짊어지고 목책으로 사라졌다.

영주가 가면을 썼다고 보기에는 백성들이 가지고 있는 믿음이 절대적이었다.

'이상한 일이다. 이 정도의 믿음이라니.'

도저히 이해되지 않았던 말도르는 탐문(?)을 이어 나갔다.

"곧 있으면 웨이브가 온다고 들었네. 정녕 막을 수 있겠나?"

"이상한 소리를 다 하십니다. 영주님께서 계시는데 당연히 막을 수 있지요."

"근거가 있나."

"신뢰라는 것은 그런 겁니다요."

"……."

백성들은 군주를 의심하지 않았다.

그의 행보에는 다 뜻이 있다고 생각했다.

귀족을 이렇게 믿는다는 것이 가당키나 한 일인가.

말도르는 한 발짝 물러나 마을의 전체적인 상황을 지켜

봤다.

백성들이나 병사들 모두 하나가 되어 움직이고 있었다.

마치 고대에 존재했다는 마도 기계의 부품을 보는 것 같

은 느낌이었다.

부품이 모여 기계를 작동하는 것처럼 한 치의 흔들림이

없었다.

그는 오라클 남작이 했던 말을 떠올렸다.

[모든 귀족이 그렇지는 않다.]

[다른 귀족은 내 알 바가 아니다. 주어진 책무를 다할 뿐

이다.]

성벽 위에서는 오라클 남작이 바쁘게 움직이며 지시를

내렸다.

어젯밤을 새우며 전투를 이어 나갔던 남작이지만, 최전
선에 나오길 주저하지 않았다.

직접 전투에 참여해 언데드의 머리통을 날려 버리던 모
습을 생각하면 다른 귀족과는 결이 다르긴 했다.

흔들리지 않았던 말도르의 가치관에 혼란이 왔다.

'세상에 자신의 책무를 다하는 귀족이 정녕 존재하는
가?'

[00:05:22]

침공이 머지않았다.

아론은 지금까지 고생한 결과물을 살폈다.

허술했던 목책은 최대한 보강했다.

목수들이 대거 동원되어 격자 모양의 구조물을 만든 것
이다.

이만하면 하급 몬스터를 상대로는 어느 정도 버티지 않
을까 싶었다.

마을의 백성들은 물론, 본성에서도 지원을 와서 어떻게
든 준비를 마쳤다.

튼튼한 성벽을 보유하고 있는 많은 영지들에 비하면 당
연히 어설펐다.

허나, 지금이 게임 도입부에 해당한다는 것을 생각해 보면 이보다 훌륭할 수는 없었다.

이번에는 지원군도 있었다.

'꽤 놀란 표정이군.'

진중하게 가라앉은 말도르 카브란의 얼굴이 보였다.

이리저리 돌아다니며 쥐새끼처럼 조사하더니, 오라클의 군주는 뭔가 다름을 느낀 모양이었다.

'암, 내 연기는 오스카상 감이고말고.'

빠르게 떨어지는 시간.

저 멀리 검은 안개가 자욱하게 깔리는 것을 보니 무슨 일이 터져도 단단히 터질 것 같은 분위기였다.

아론은 지휘석에 올라 스킬을 시전했다.

[사방 60m 내에 신성의 오라가 발현됩니다.]

[HP 회복률 +2]

[언데드에 대한 대미지 +2]

광휘가 사방으로 번졌다.

이후에는 당연히 해야 할 퍼포먼스를 잊지 않았다.

"여신 베일리여, 우리는 당신의 기적을 믿나이다. 부디 이 불쌍한 백성들을 굽어살피시고 악을 멸할 힘을 주소서."

무릎을 꿇고 두 손을 모았다.

기도를 할 때마다 배덕감이 고개를 드는 것을 느꼈다.

베일리가 아론을 여기까지 이끌었다면 욕을 먹어도 할 말은 없을 터.

화악!

그때였다.

구름 낀 하늘에서 한 줄기의 빛이 떨어졌다.

가끔 대기 현상 때문에 이런 일이 벌어지지만, 우연치고는 기가 막힌 타이밍이었다.

여신이 '연극'에 어울려 준 것일까?

그건 알 수 없다.

하지만.

"와아아아!"

병사들의 사기가 높아졌다는 것이 중요했다.

다시 태양이 구름에 삼켜졌다.

검은 안개가 뭉클거리는 가운데 '괴물'이라고밖에 설명할 길이 없는 괴성이 울려 퍼지고 있었다.

울음소리가 답답하게 울려 퍼졌다.

"꾸에에엑!"

"꾸어어억!"

"……."

척! 척! 척!

일정하게 발을 맞추는 듯한 리듬까지.

그 실체가 드러나자 병사들은 침음을 삼켰다.

"오, 오크 로드!"

웅성웅성.

방금 전까지 사기가 올라와 있었던 것과는 정반대였다.

아론조차 압박을 받을 정도였으니 병사들은 말할 것도 없었다.

그럼에도 가슴을 펴야 했다.

신의 사도가 절망 속에서 희망이 되어야 하는 것에는 변함이 없었다.

[00:00:30]

아론은 성기사의 검을 틀어쥐며 반투명의 창과 전방을 번갈아 봤다.

오크 로드의 뒤에 드러난 오크의 숫자는 물경 천이었다.

놈들은 어설프게나마 투구와 갑옷을 걸쳤으며, 검이나 창 등으로 무장했다.

인간을 털어 무장했다는 '설정'이었기에 무기도 제각각이었다.

아직 활을 든 몬스터가 등장하지 않은 것이 천만다행이었다.

지금의 미약한 전력에 활로 무장한 병력과 마주했다면 볼 것도 없이 [DIE]다.

충격적인 광경이 펼쳐져 있음에도 시간은 흘렀다.

[침공이 시작됩니다.]

"꾸어어억! 인간에게 죽음을!"

"꾸엑! 다 죽인다!"

오크 대군이 미친 듯이 달려들었다.

드드드드!

인간과 비슷한 신장을 가진 오크들이 무구로 무장하며 달려오자, 군대를 마주하는 것 같은 느낌마저 들었다.

아론은 검을 하늘로 쳐들었다.

"신께서 함께하신다!"

지금 할 수 있는 일이라고는 여신의 이름을 팔아 사기를 조금이라도 높이는 것뿐이었다.

퍼어억!

아론은 정신없이 오크의 목을 찍었다.

어설프기 짝이 없는 투구라도 방어력에 있어서는 굉장한 효과를 가져다주었다.

기사의 검까지 튕겨 냈으니 병사의 창 따위는 쉽게 무력

화했다.

여기에 큰 효과를 발휘하는 것은 편곤이다.

2년 동안 '디펜스 워'를 플레이해 왔던 아론은 챕터 1에 오크 군단이 온다는 사실을 알았다.

다른 무기에 비해 쉽게 사용할 수 있는 창이라도 숙련병이 되기까지는 시간이 꽤 걸렸으므로 신병이나 징집병이 오크를 상대로 큰 효과를 발휘하긴 어렵다.

이에 아론은 전력을 다해 편곤을 생산했다.

편곤은 다른 무기에 비해 만들기가 간편했다.

생산하는 노력에 비해 둔기로써 탁월한 위력을 발휘하였기에 기사라고 할지라도 방심하면 머리통이 깨진다.

그만큼 편곤은 오크의 머리를 터뜨리는데 상당한 위력을 발휘하고 있었다.

퍼어억!

"꾸에엑!"

푸하하학!

녹색의 피가 튀었다.

편곤의 도입으로 신병과 징집병이 목책을 타고 올라오는 오크의 머리를 효과적으로 찍어 냈다.

오크의 시신이 쌓이고 있었으나 목책이 문제였다.

그그그그극!

급조한 목책이 흔들리기 시작했다.

격자로 연결한 구조가 아니었다면 진즉에 무너졌을 것이다.

어설픈 사다리를 대고 올라오는 오크들을 막는 것만 해도 벅찬 상태였다.

목책이 무너지기라도 하면 대량의 사상자가 발생할 것이다.

더 큰 문제는 오크 로드가 아직 참전하지 않았다는 것.

놈은 전장에서 조금 떨어진 곳에서 오크를 지휘하고 있었다.

퍼어억!

아론이 잠시 생각하는 사이, 직선으로 쭉 뻗어 온 검이 뒤에서 도끼를 휘두르던 오크의 눈동자를 꿰뚫었다.

푸확!

녹색의 피가 튀며 아론의 투구를 적셨다.

"조심하쇼!"

"고맙군."

"죽지나 말고."

아론을 구한 말도르는 이리저리 뛰어다니며 조금이라도 위태로워 보이는 부분에 투입되었다.

성격이 거지 같다는 것을 제외하면 매우 훌륭한 무력을 갖춘 기사다.

요새에서 구해 온 기사도 큰 도움이 되었지만 중앙군도

마찬가지였다.

그들이 아니었다면 지금껏 버티지도 못했을 것이다.

쿠구구궁!

"영주님! 목책 한쪽이 무너집니다!"

"아아아악!"

간신히 버티고 있던 목책 중앙부가 무너지며 수십의 병력이 매몰됐다.

그보다 많은 오크들 역시 매몰됐지만, 아군보다 적이 3배는 많았으니 단순 교환비로도 막대한 손실을 입었다.

서둘러 일부 병력이 목책 아래로 내려가 그 틈을 채웠지만 머지않아 병력 전체가 잡아먹힐 것이다.

[05:22:14]

침공 시간이 넉넉하게 남았다.

하지만 단순히 버티기만 해서는 살아남기가 힘들다.

'최후의 수단을 사용한다.'

상황이 힘들었으나 아론이 아무 준비도 하지 않은 건 아니었다.

전투가 시작되기 전, 마을 안에 말을 대기시켜 두었다.

"기병들은 나를 따른다!"

"예!"

미리 선발된 기병들이 전장에서 빠졌다.

전장은 더욱 위태롭게 흔들렸다.

당장 무너져도 이상할 것 하나 없었다.

"기병 돌격을 감행할 것이야!"

아론은 고삐를 꽉 틀어쥐었다.

마을 좌측으로 빙 돌아 적 본대를 타격하는 것만이 유일한 방법이었다.

고작 50명에 불과한 기병이었지만, 돌파력 자체는 상상을 초월했다.

인간들의 전쟁에서도 기병으로 보병의 옆구리를 들이받으면 그대로 전황이 뒤집힐 정도의 위력을 발휘했다.

무장이 군대에 비해 빈약하고 결집력이 약한 오크라면 말할 것도 없었다.

지금껏 오크들이 아군을 유린할 듯 공세를 하고 있었으나 군대에 비하면 어설프기 짝이 없는 것도 사실이었다.

피지컬과 숫자 때문에 밀리고 있는 것이다.

"오빠!"

아론이 숨을 몰아쉬며 각오를 다지고 있을 때, 레냐가 그를 불렀다.

후방에서 마법을 지원하던 레냐는 자신의 오빠가 위험천만한 사지로 돌격하려 하자 급하게 달려왔던 것이다.

"가서 마법을 써라."

"……조심하세요!"

가지 말라는 소리는 하지 않았다.

끊임없는 정신 교육의 효과였다.

귀족이라면 그 책무를 다해야 한다는 것.

그게 전방으로 나가 먼저 죽으라는 뜻은 아니었지만, '자힐'이 가능했기에 아론이 선두에 서는 것이 효과적이기는 했다.

아론은 레냐의 머리를 쓰다듬은 후, 마을 뒤로 빠져나갔다.

기병들은 돌파력을 위해 마을을 한 바퀴 돌며 속력을 냈다.

오크 진영과의 거리는 약 200m.

놈들과 일직선상에 놓였을 때, 아론은 속력을 올렸다.

두두두두!

다들 기병창을 꽉 틀어쥐었다.

"여신을 위하여!"

두두두두!

"후욱! 후욱!"

총원 50명으로 구성된 기병은 어마어마한 속력을 냈다.

돌파력을 위해 마을을 한 바퀴 돌며 속도를 높인 결과,

중갑 기병은 최대 속력에 도달했다.

기병에 자원한 말도르는 전방에서 병력을 이끌고 있는 남작의 등을 바라봤다.

'귀족이 직접 군대를 이끌고 기병 돌격을 한다니!'

상식적으로는 말이 되지 않는 일이다.

그러나 병사들은 아무도 이상하게 생각하지 않았다.

[나는 귀족으로서 주어진 책무를 다할 뿐이다.]

말도르는 아론 오라클을 보며 진정한 귀족의 책무가 무엇인지 깨달았다.

백성의 고혈을 쥐어짜며 권리만 찾는 것이 귀족이 아니라, 백성을 보호하고 지도자로서 이끌어 나가는 것이 바로 진정한 귀족인 것이다.

영지의 백성들은 절망 속에서 희망을 보고 있었다.

여신의 선택을 받은 신의 사도가 함께하기에 반드시 살아남을 수 있다고 생각하는 것이다.

그 믿음에는 한 치의 의심도 없을 정도였다.

영주의 몸에 광휘가 생겨났다.

이상하게도 신체의 회복이 빨라지며 몸에서 힘이 솟아나는 것 같은 느낌이었다.

"돌파!"

꽈직!

꽈지직!

"꾸에에엑!"

고작 50기였지만, 마갑을 착용한 중갑 기병이었다.

중세의 전투에서는 최강의 돌파력을 자랑하는 살인 병기.

전투 마가 순식간에 오크 무리를 짓밟고 지나갔다.

적 진영의 진영이 붕괴되는 것이 보였다.

'이 전투에서 살아남는다면 하잘것없는 이 목숨은 당신의 것입니다.'

꽈직!

"꾸에에엑!"

'큭! 뒈지겠다!'

아론은 어깨와 손목이 박살 날 것 같은 느낌에 혀를 내둘렀다.

중세의 기병은 극한 직업이 따로 없었다.

중갑 기병의 돌파력이 상상을 초월하는 만큼 기병이 받는 충격도 어마어마했다.

기병창을 박아 넣는 순간, 창을 놓지 않는다면 곧바로 팔이 떨어져 나갔다.

실제로 몇몇이 타이밍을 놓쳐 돌파의 순간 팔이 빠지거

나 아예 찢겨 나가기도 했다.

고삐를 놓쳐 낙마하는 병사도 있었다.

말에서 떨어지면 오크들에게 끌려 들어가 갈가리 찢겼다.

그야말로 끔찍한 참상이었으나 여기서 멈출 수는 없었다.

'효과가 있다.'

중세의 중갑 기병은 현대의 전차와도 비견되었다.

그 파괴력에 대해서는 말해 입만 아플 정도다.

세계 1차 대전 당시까지만 해도 기병대가 존재했을 정도였으니, 기병이야말로 이 시대 최강의 전술 병기라 할 수 있었다.

옆구리를 얻어맞은 오크 진영은 붕괴했다.

적들의 사기가 떨어지는 것도 느껴졌다.

오크는 생명체다.

나름 지능도 있어 동료들이 기병 돌격에 의해 갈려 나가자 뒷걸음질을 치기도 했다.

문제는,

-후퇴는 죽음뿐이다!

쿵!

"……."

뒷걸음질 치던 오크들이 다시 전진했다.

오크 로드가 거대한 대검으로 바닥을 내려찍자 두려움에 휩싸인 오크들이 힘을 내기 시작한 것이다.

기병 돌격보다 오크 로드가 두렵다는 뜻이다.

놈을 죽이지 않고는 결코 악순환이 끝나지 않는다.

"마이어 경!"

"예, 주군!"

피에 절어 있는 마이어 경이 다가왔다.

3차례 정도 기병 돌격을 마쳤을 때는 기병의 숫자가 40명으로 줄었다.

그래도 아직 더 공격할 순 있었다.

대부분 신병들이 다쳐서 낙오되거나 죽었을 뿐, 정예병은 대부분 살아남았다.

마이어 경과 말도르도 다친 곳 없이 멀쩡했다.

"경에게 지휘권을 이양한다."

"예!? 주군께서는!?"

"오크 로드를 상대할 것이다."

"아니 될 일입니다!"

마이어 경이 반대하고 나섰다.

그럴 만도 한 것이, 오크 로드는 보스였다.

한눈에도 심상치 않은 무력을 가진 것으로 보였다.

주군을 사지로 보낼 기사가 어디 있을까.

그럼에도 아론이 직접 나서야 한다는 사실에는 변함이

없었다.

'나만이 오크 로드를 상대할 수 있다.'

안타깝지만 이것이 현실이었다.

아론 대신 기사들이 놈을 상대할 수 있다면 망설이지 않고 보냈을 것이다.

목숨은 소중했으니까.

하지만 공략의 방법이 이것밖에 없었다.

아론의 시선이 말도르에게로 향했다.

"부탁한다."

"맡겨 주십시오."

말도르가 존댓말을 썼다.

그에 아론이 피식 한 번 웃고는 말 머리를 돌렸다.

"마이어 경! 명령이다!"

"반드시 살아서 돌아와 주십시오!"

"여신께서 함께하시니 내게 두려움이 없으리로다!"

두두두두!

아론은 필마단기로 오크 로드에게 향했지만 벌써부터 후회가 밀려들었다.

놈과 가까워질수록 그 괴물 같은 피지컬이 선명해지며 심장이 요동쳤다.

3미터에 이르는 장신, 튼튼한 투구와 갑옷.

거대한 아래 송곳니 두 개는 무기로 사용해도 될 만큼이나 위협적이었다.

가장 큰 위협은 2m에 이르는 대검이었다.

"꾸어어어어!"

도저히 오크의 입에서 나왔다고 보기 힘들 정도의 웅장한 사자후가 터졌다.

피어(Fear)가 섞인 것인지 아론의 몸이 본능적으로 움츠러들려 했다.

지금 시점에서 오크 로드를 상대하는 것은 당연히 무리가 있었다.

그러나 '디펜스 워'는 항상 무리를 해야만 클리어할 수 있는 게임이다.

보스를 직접 잡게 되면 받게 될 보상은 상당히 짭짤했다.

"고인물의 위력을 보여 주마!"

콰앙!

"커억!"

'이게 아닌데……?'

기세 좋게 오크 로드의 눈동자에 기병창을 꽂아 넣으려던 계획이 실패했다.

'컨트롤'이 가능하던 게임과 다르게 현실에서는 클릭 한 번으로 기계적으로 몸을 움직이는 것이 아니었다.

오크 로드는 2m에 이르는 대검을 가볍게 휘둘러 기병창을 쳐 냈다.

어마어마한 충격을 받은 아론은 그대로 낙마해 바닥을 뒹굴었다.

제법 무게가 나가는 갑옷 때문에 온몸의 뼈가 부러지는 듯한 착각마저 들었다.

"쿨럭!"

피를 한 움큼 토한 아론은 곧바로 힐을 사용했다.

레벨을 올린만큼 힐은 예전에 비해 두 배의 속도로 몸을 회복시켰다.

히이잉!

아론에게 강제로 고삐가 쥐어져 달려온 전투 마는 곧바로 줄행랑을 쳤다.

"비, 빌어먹을 말 새끼가······!"

설정상, 피어는 자신보다 하등한 생명체에게 두려움을 준다.

아론은 그 두려움을 떨쳐 냈지만 말은 아니었다.

훈련을 받았다고 한들, 미물은 미물인 것이다.

오크 로드와 마주해 낙마한 것도 말이 가진 본능적인 두려움 때문이었다.

후우웅!

오크 로드는 아론이 회복할 시간을 주지 않았다.

얼마나 많은 피를 먹었는지 검붉은 대검이 아론의 머리

통을 노리며 쇄도했다.

콰앙!

'미친……!'

흙먼지가 사방으로 튀었다.

아론이 간신히 몸을 구르며 피하자 오크 로드는 비웃음을 날렸다.

"용기는 가상하구나."

아론은 검을 뽑았다.

성기사의 검에서 은은하게 성력이 느껴지지만 그뿐이었다.

오우거인지 오크인지 헷갈릴 덩치, 피지컬을 가진 놈과 아론의 격차는 상상 이상이었다.

그러나.

'기회를 노린다.'

파밧!

아론이 지면을 박차며 달려들었다.

챕터 1에서 수십 번이나 [DIE]를 경험하고 깨달은 점이라면, 이 괴물에게 거리를 두면 안 된다는 것이다.

놈의 품으로 파고들었다.

저 무식한 대검에 정통으로 맞기라도 하면 사망이다.

스쳐도 마찬가지다.

팔다리 어디라도 잘려 불구가 되는 순간 클리어는 물 건

너가는 것이다.

오크 로드는 거대한 덩치에 어울리는 힘을 가지고 있었지만 행동이 느리다는 단점이 있었다.

속도만큼은 아론이 더 빠르다는 뜻이다.

후우웅!

대검이 머리칼을 스치며 지나갔다.

풍압 때문에 머리통이 그대로 주저앉게 되는 느낌마저 들었다.

아론의 검이 오크 로드의 턱 아래를 노리며 들어갔다.

팟!

'이런!'

통하지 않았다.

검이 아슬아슬하게 턱을 비켜 갔다.

놈은 그대로 주먹을 휘둘러 아론의 가슴을 강타했다.

콰앙!

"커어억!"

아론의 몸이 붕 떠서 5m 이상 날아가 바닥에 처박혔다.

숨이 막혔다.

피를 게워 기도가 막혔기에 이대로 질식할 것만 같았다.

"쿨릭!"

선홍색의 피가 밖으로 튀어나오자 호흡이 조금 편해졌다.

"히, 힐."

스킬이 빠르게 내상을 회복했다.

갑옷에 주먹 자국이 선명했다.

강철로 만들어진 패너플리가 이 지경으로 망가졌다면 기사나 병사는 결코 버틸 수 없었을 것이다.

이 물건에는 미스릴도 약간 섞여 있다던가.

가보로 내려오는 패너플리는 이번 전투가 끝나면 폐기해야 할 판이었다.

아론은 힐로 체력을 약간 회복하자마자 벌떡 일어났다.

"여기서 질 수 없다!"

퍼어억!

"쿨럭!"

다시 처박히는 몸.

공격을 할 때마다 대미지는 누적되었으나 일종의 패턴이 보이기 시작했다.

이러한 패턴은 오랜 시간 게임을 해 온 '고인물'의 감각과 반복적인 공격과 충격으로 습득이 되는 것이었다.

하도 처맞다 보니 맞는 요령도 생겼다.

조금씩 대미지가 줄어들었다.

"나는 반드시 돌아간다! 그걸 막는 놈은 모조리 벤다!"

도트린 마을 목책.

현장에서 그리 떨어지지 않은 곳에서 아론 오라클 영주

가 오크 로드와 전투에 들어갔다.

여신의 가호를 받은 오라클 남작이었지만, 쉽지 않은 전투였다.

피가 사방으로 비산했으며, 수십 번이나 공격에 맞아 땅바닥을 뒹굴었다.

전투의 현장은 처절했다.

그 모습을 본 병사들은 이를 악물었다.

"아가씨! 저러다 영주님께서 돌아가시겠습니다!"

사기마저 저하됐다.

가뜩이나 목책 한쪽이 뚫려 쏟아져 들어오는 오크를 막기에 벅찼다.

이 와중에 영주마저 죽을 것처럼 위기를 겪고 있었으니 병사들의 걱정이 이만저만 아니었다.

레냐도 걱정이 됐다.

절망만이 가득한 지금, 지도자인 오빠가 죽어 버리면 그 무거운 짐을 혼자 감당할 수 있을 리 없었다.

[내가 부재중일 때에는 네가 영지의 구심점이 되어야 한다. 그것이 귀족의 의무다.]

레냐가 입술을 한 번 짓씹고는 소리쳤다.

"여러분들은 신에 대한 믿음이 고작 그것밖에 되지 않나요!?"

"……!"

"여신께서 말씀하셨어요. 우리는 반드시 살아남을 거라고!"

병사들의 눈빛이 깊게 가라앉았다.

'여신의 약속이다.'

'계시하셨으니 이루어지리라.'

레냐는 아론 오라클의 말을 인용했다.

여기서 패배할 것이라면 언데드 웨이브가 일어났을 때 이미 무너졌어야 했다.

영주가 두들겨 맞는 것처럼 보여도 바닥에 처박히는 횟수가 줄어들고 있었다.

전투를 하면서 패턴을 익히는 것이 틀림없었다.

처절해 보였지만 오뚝이처럼 일어났다.

패배한 것이 아닌 도전을 이어 가고 있었던 것이다.

"여러분의 영주는 포기하지 않았어요!"

"여신이여, 이 땅의 마지막 희망을 보호하소서!"

병사들이 다시 힘을 얻어 오크를 밀어내기 시작했다.

하지만 이번이 마지막일 것이다.

레냐의 믿음은 굳건했지만, 그녀 역시 더 이상 버티지 못하는 순간이 오리라는 것을 직감했다.

퍼어억!

"큭!"

충격을 받는 순간, 검으로 비켜 막았다.

오크 로드의 대검이 미끄러지듯 내려갔다.

매우 간단해 보이는 검술이었지만 이걸 몸으로 채득하려면 실전이 필요했다.

아론의 경우에는 목숨을 건 실전이 되었지만 그만큼 습득이 빨랐다.

수십 번을 튕겨져 나가고 박살이 나다 보니 패턴 역시 보였다.

그만큼 몸은 만신창이가 되었지만.

'죽일 수 있다!'

검술에 관련된 숙련도 수치가 상태창에 표시되었다면 분명히 상당한 경험치가 쌓였을 것이다.

오크 로드에 대한 숙련도도 마찬가지다.

앞으로 스토리를 진행해 나가게 되면 중반부부터는 보스가 아닌 일개 몬스터로 등장할 때도 있었다.

흔하게 상대해야 하는 순간이 오는 만큼, 이런 식으로 해당 몬스터에 대한 정보를 체득하는 것도 매우 중요한 경험 중 하나일 터이다.

문제는 아론의 HP다.

단순히 HP가 떨어진 것뿐만이 아니라 신체 전반적인 움직임도 둔화되었다.

물론, 오크 로드 역시 많은 상처를 입긴 했다.

사방이 아론과 오크 로드의 피로 얼룩져 있었다.

"후욱! 후욱!"

후우웅!

쿵!

오크 로드는 대검을 땅에 박았다.

"훌륭하다! 그대는 인간이지만 감히 왕과 비견할 수 있을 정도의 투지를 지녔구나."

"그건 네놈의 입장이고."

"이름이 무엇인가. 긍지 높은 전사여!"

"긍지?"

아론은 몸을 털고 일어나는 척하며 흙을 한 줌 쥐었다.

지금껏 처절한 전사의 모습을 보여 준 것도 나름의 '인성질'이었다.

투지로 가득한 전사를 '연기'하며 오크 로드로 하여금 방심을 유도하는 것이었다.

우직하고 정직한 모습을 보여 왔기에 설마하니 얼굴에 흙을 뿌릴 것이라고는 상상도 하지 못할 것이다.

파밧!

"좆까!"

"좆……까? 네 이름을 기억하겠다!"

좌악!

아론은 지금까지와 다름없이 달려들었지만 놈의 대검과 마주하는 순간, 왼손에 쥐고 있던 흙을 뿌렸다.

"크악! 전사의 긍지조차 없는 쓰레기 같은 놈이!"

아론은 불과 10초도 되지 않아 긍지 높은 전사에서 쓰레기가 되었다.

그러나 오크 따위에게 욕을 먹어 봤자 아무런 느낌도 없었다.

오크 로드는 허둥거리면서도 어떻게든 검로를 그리려 했다.

아론이 목숨을 걸어가며 놈의 검로를 체득한 것은 이러한 이유에서였다.

결정적인 순간에 한 방을 먹이는 것.

'역시 정직한 검로다.'

오크 따위가 검술을 익혔다는 것이 어처구니없지만, 설정이 그러니 아론이 맞추어야 했다.

검로가 흔들리자 틈이 생겼다.

아론은 허리춤의 보조 단검을 뽑아 놈의 턱 밑에 박았다.

퍼어어억!

"끄아아아악!"

찢어지는 듯한 비명 소리가 들렸다.

턱에서부터 뇌까지 관통되면서 오크 로드는 몸을 부르르

떨었다.

동시에.

푸하하학!

녹색의 피가 아론의 머리 위로 쏟아졌다.

몸이 한 차례 흔들렸다.

아론은 장검으로 몸을 기대며 간신히 섰다.

쿵!

[레벨이 올랐습니다!]
[오크 로드의 반지(레어)를 획득했습니다!]

"……!"

오크 로드는 죽으면서 막대한 유산을 남겼다.

오직 군주가 오크 로드와 일대일 대결을 벌여야만 확률적으로 뜬다는 오크 로드의 반지였다.

레벨이 오른 것은 덤이었다.

고작 챕터 1에 불과한 만큼 대단한 능력치가 붙은 것은 아니겠지만, 초반에 레어 아이템을 구하는 것은 하늘의 별 따기였다.

이로 인해 다음 챕터를 클리어하거나 콘텐츠를 이용하는 데 막대한 영향을 미친다.

아론은 레벨 업으로 받은 스킬 포인트로 힐을 찍었다.

막상 힐을 사용해 보니 레벨 1과 2는 완전히 달랐다.

그렇다면 레벨 3은 어떨까.

[하급 힐을 시전합니다.]

최하급에서 하급으로 바뀌었다.

우둑! 우두두둑!

금 가고 부러진 뼈가 회복될 정도로 회복력이 올라갔다.

스킬 포인트를 아낀다는 개념?

그딴 것은 없다.

이번 챕터가 끝나면 던전 탐사도 해야 하며, 어떤 괴물과 싸울지 알 수 없었기에 포인트를 아끼다가는 결정적인 순간에 후회하는 수가 있었다.

몸이 어느 정도 회복되자 움직일 수 있게 되었다.

비록 기력까지 회복하는 것은 아니어서 몸이 무거웠지만.

서걱.

아론은 질긴 오크 로드의 머리통을 잘라 냈다.

칼이 더럽게 들어가지 않았다.

오크의 가죽은 그 자체만으로도 훌륭한 방어구의 재료가 되기에, 오크 로드는 죽었지만 가죽을 남겼다.

덩치를 보아하니 완성된 가죽 방어구 몇 점은 나올 법했다.

아론은 오크 로드의 머리통을 검 끝에 꽂았다.

저벅. 저벅.

그 후에는 천천히 적진을 향해 걸어갔다.

"너희 왕은 죽었다!"

"……!"

오크들의 사기가 바닥으로 떨어졌다.

오크는 군집체.

죽는 것보다 오크 로드를 두려워했던 놈들이다.

그런 오크 로드를 아론이 죽여 머리통을 베어 왔으니 사기가 무너지는 것은 순식간이었다.

오크들이 도주하기 시작했다.

인간의 입장에서도 피해가 심했지만 그건 오크들의 입장도 마찬가지였다.

공격자가 방어자보다 피해가 많은 것은 당연한 일이다.

놈들도 말은 안 해도 진즉에 도주하고 싶었을 것이다.

아론은 굳이 쫓으라는 명령은 내리지 않았다.

그럴 여력이 없기도 했고.

마침내.

[챕터 1을 클리어했습니다.]
[시간 내 클리어!]

[04:20:00 만큼의 보상을 추가로 받습니다.]

[레벨이 올랐습니다!]

[20p를 보상으로 받았습니다.]

[은급 랜덤박스를 보상으로 받았습니다.]

[던전이 오픈되었습니다.]

[난민 구조가 오픈되었습니다.]

제6장
드랍템

"오오오!"

챕터 클리어 후 보이는 가장 두드러진 현상은 바로 영토의 확장이었다.

'디펜스 워'는 어떠한 일이 있어도 챕터를 클리어하면 영토를 확장한다.

유저가 굳이 영토를 확장하고 싶지 않을 때도 권역이 넓어졌기에, 버려야 할 땅과 지켜야 할 땅을 구분해 효율적으로 자원을 배분하는 것이 중요했다.

다만, 챕터마다 확장되는 영토의 비중은 달랐다.

이번에 확장된 땅은 오라클 영지 전역이었다.

완전한 원형을 이루며 확장을 하는 탓에 남작령 전체가 완벽하게 손에 떨어진 것은 아니었지만, 타 영지의 권역까지 확장되기도 했다.

왕권이 살아 있을 때에는 침범이 맞다. 하지만 전부 망할 것이니 큰 문제는 없었다.

'대규모 침공에 간신히 버티고 있을 파이온 자작이 항의하겠지만 무시하면 그만이다.'

오라클 영지의 땅을 머리에 꿰고 있던 아론은 앞으로 어떤 문제가 발생할지 충분히 짐작할 수 있었다.

게임으로 치면 도입부에 해당하기에 간신히 웨이브를 막으며 생존하고 있는 영주가 꽤 있었다.

파이온 자작도 마찬가지였다.

신성 보호막이 파이온 영지를 침범했으므로 반드시 항의가 온다.

아론이 고인물 유저가 아니더라도 충분히 예상할 수 있는 일이었다.

'어쩌면 자작에게 항의가 오면 그것을 이용해 뭔가를 도모할 수도 있을 테고.'

승리의 여운을 느끼는 것도 잠시, 눈앞에 반투명의 타이머가 떴다.

[365:59:59]

'보름인가.'

극악 난이도 게임이라고 하나, 숨 쉴 수 있는 시간 정도는 주었다.

계속해서 웨이브만 일어나면 지치는 것은 둘째 치고, 도저히 내정을 다스릴 시간이 없다.

군주가 내정을 하지 못하는데, 적을 막을 수 있을 리 없는 법 아닌가.

물론, 내정조차 쉽지 않은 '변태 게임'이었지만 현실에서는 이 보름의 시간이 굉장히 소중했다.

저벅. 저벅.

아론은 마을 광장을 향해 걸었다.

전투에 참여했던 기사와 병사들은 물론, 백성들도 한쪽 무릎을 꿇으며 머리를 조아렸다.

누구보다 개고생을 했던 아론이다.

세상에 어떤 군주가 이토록 고생해 가며 적을 막는단 말인가.

아론의 입장에서 보면 살아남기 위한 몸부림이었지만, 끝나고 보니 이만큼 미화시킬 수 있는 행위도 없었다.

고생을 하면 생색을 내는 것이 인지상정이었다.

다만 겸손함과 연기를 동반해야 했다.

중세인들은 업적이 생기면 부풀리고, 한껏 거드름을 피워야 한다고 여겼지만, 현대인 출신 아론은 아니었다.

업적을 세울수록 겸손해져야 한다.

"여신께서 이 미천한 종의 몸을 빌려 악을 정벌했다."

"······."

엄숙한 분위기.

피비린내가 진동하고 시신이 널려 있는 가운데였다.

백성이나 병사들의 죽음조차 포장할 필요가 있었다.

그리하지 않으면 슬픔을 견디지 못할 것이었으므로.

"여신께서 말씀하시길, 순교자들은 믿음과 업적에 따라 천국에서 보상을 받는다고 하셨다. 내가 알기로, 모두 숭고한 대의에 목숨을 바친 것이므로 여신께서 만드신 사후 세계에 거할 것이다. 순교자들은 그곳에서 영생을 얻었다. 그러니 너무 슬퍼할 필요는 없다. 우리는 여신의 뜻에 따라 움직이며, 순교자들의 뜻을 기릴 뿐."

웅성웅성.

백성들의 눈빛이 한층 깊어졌다.

이제 쐐기를 박을 때였다.

"전사로 선택받은 자들이여, 그대들은 여신의 검이 되리라."

[펠로우 중급 병사로 UP 가능]

[말론 중급 병사로 UP 가능]

······

[칼테인 상급 병사로 UP 가능]

[반 상급 병사로 UP 가능]

......

챕터를 클리어하면서 수많은 병사들이 승급 대기 중에 있었다.

심지어 기사 중에도 승급자가 나왔다.

[말도르 중급 기사로 UP 가능]

잠시, 이 문제 많은 기사를 승급시켜야 할지 망설여졌다.

전투를 하기 전까지만 해도 매사에 불만이 많았던 놈이다.

말도르를 승급시키는 것이 과연 옳은 일일까?

아론은 확인을 위해 말도르의 눈동자를 바라보았다.

뭔가를 갈구하는 듯 반짝이는 눈.

'승급시켜 보자.'

"으읍!"

"여, 여신께서 힘을 주신다!"

승급 예정자들의 몸이 빛났다.

아론은 시스템이 승급시켜 주는 것을 여신의 기적으로 포장했다.

신성 보호막의 형성과 함께 전사들에게 보상을 내려 주

는 시스템 덕분에 '신성 군주'의 권위는 좀 더 높아졌다.

한 번은 우연이라고 쳐도 자꾸 기적이 생기면 누구라도 믿을 수밖에 없다.

백성들이 기적을 목도하자.

[문명의 방향이 신앙으로 발전합니다.]
[사제와 성기사 출현 빈도가 3배 증가합니다.]
[신성 마법 효율이 30% 향상합니다.]

'됐군.'

아론이 그렇게도 여신을 팔아 댔던 이유다.

아직 그 효과는 보잘것없어 보이지만, 뭐라도 하나 이용해야 하는 아론의 입장에선 가뭄의 단비나 다름없었다.

"전장을 정리한다."

격렬했던 전장이 정리되고 있었다.

튜토리얼 때에도 느꼈지만, 피해 없이 웨이브를 막는다는 것은 불가능했다.

여기저기 널브러진 시신과 핏자국.

팔다리가 뜯겨 나가거나 머리가 반쯤 함몰되어 있는 광경조차 익숙할 지경이었다.

목책의 상태도 썩 좋지는 않았다.

적의 공격으로 무너진 잔해에는 아군과 적의 시신이 뒤섞여 깔려 있었다.

한 가지 다행스러운 점은 백성들의 의욕이 넘치다 못해 광기마저 흐른다는 것이었다.

문명의 방향이 신앙으로 정해지자 모든 사건을 여신과 연관 지어 생각하게 되었다.

"식량이 다 떨어져 간다는데 괜찮을까?"

"여신께서 일용할 양식을 주실 거야. 감히 그런 생각, 하지 말고 일이나 하자고. 천국에서 보상을 받아야 할 것 아닌가!"

"허허허! 그렇군!"

"……."

안타깝지만 천국이 있는지 없는지는 아론도 모른다.

애초에 사후 세계까지 만들 능력이 있는 여신이 악신에 밀렸을까?

물론 그런 말을 대놓고 할 만큼 아론은 어리석지 않았다.

아론의 곁으로 마이어 경이 다가와 목소리를 낮추었다.

"위험해 보입니다."

"무엇이?"

"지금은 약간의 식량이 남아 있어 문제가 되지 않지만, 기근이 왔을 때 식량이 공급되지 않는다면 신앙에 금이 갈 가능성이 높습니다."

마이어 경은 백성들의 반응을 보며 걱정했다.

그 역시 무신론자였다.

신앙을 배척하는 성향을 가지고 있었는데, 객관적으로 상황을 들여다보니 부작용이 만만치 않았던 것이다.

아론도 마이어 경의 말에 공감했지만, 이것이 공략을 위한 최선이었다.

"군주제만으로 영지를 유지하기에는 한계가 있다."

"그건 동감합니다만…….."

희망도 뭣도 없는 최악의 상황이었다.

왕국의 멸망이 아니라 전 대륙이 멸망하고 있었다.

식량은 고작 며칠분이 남았을 뿐이고, 웨이브가 한 번 일어났다 하면 어마어마한 사상자가 발생했다.

이런 상황에 군주의 권력만으로 생존한다?

불가능한 일이다.

문제는 현재의 문명이 신정 일치로 유지되고 있다는 점이다.

만약 여신에 대한 믿음이 붕괴한다면?

반란이 일어나 내부에서 무너질 것이다.

"먼 미래까지는 내다볼 수 없지만 당장 방법이 없는 것은 아니다."

"묘안이 있으십니까?"

"제1 군진 책임자였던 발퐁 남작을 턴다."

"……!"

마이어 경이 번쩍 눈을 떴다.

군진에 저장되어 있던 식량은 상당히 많았을 것이다.

발뭉 남작은 영지군과 식량을 모조리 빼서 달아났기에, 놈이 아직 살아 있다면 충분한 식량을 수급할 수 있었다.

식량만 멀쩡하면 좀 더 버틸 수 있다.

"허나 그가 어디에 있을지는 알 수 없지 않습니까?"

"그건 걱정 말도록."

"방법이 있으시군요."

"물론."

챕터 1을 클리어하면서 아론에게는 일종의 스카우터가 생겼다.

신성 보호막이 뻗어 나간 지역 안에 존재하는 모든 난민이 표시된 것이다.

발뭉 남작은 위험한 북쪽에서 내려와 현재 오라클 남작령 외곽을 따라 남하하고 있었다.

움직임이 꽤나 더딘 것으로 봐서는 전방위적으로 적의 압박을 받고 있을 터였다.

그러니 내일 출발해 붙잡아도 충분했다.

"남작을 잡으면 어찌하실 생각이신지요?"

"베어야지."

"예."

배신자는 죽인다.

군진을 버리고 자기만 살겠다고 도주한 놈이다.

잡아 와서 대접해 주면 귀족이랍시고 거들먹거릴 것이 뻔했기에, 그 자리에서 죽이는 편이 이롭다.

"피해 상황은 집계됐나."

"예상보다 매몰된 병사들과 백성이 많아 집계 중입니다만, 대략 100명 이상의 사상자가 발생했을 것으로 보입니다."

이번에도 상당한 규모였다.

그래도 희망은 있었다.

조금이라도 인구는 늘어날 테니까.

"내일 아침에 출발할 것이니 준비해라."

"예, 주군!"

마을을 뛰어다니며 전후 처리를 하던 아론은 칼슨 경의 보고에 광장으로 향했다.

"중앙군이 문제라도 일으켰나."

"그 반대입니다."

"반대라."

"일단 보시죠. 가관이에요."

마을 광장.

백성들은 부상자들을 나르는 중이었다.

오크의 시신은 즉석에서 처리되었다.

가죽을 벗기고 무구는 뜯어내 한쪽에 쌓았다.

워낙에 전투가 격렬했던 탓에 여기저기 피비린내가 진동하는 가운데, 군진의 기사와 병사들이 무릎을 꿇고 있었다.

그 가운데는 말도르도 섞여 있었다.

"호오."

"흥미가 좀 가십니까?"

"저 인간이 정신을 차렸나?"

"완전히 다른 사람이 되었어요."

중급 기사 말도르 카브란.

미래에는 폭풍의 기사라는 별명이 생길 만큼이나 뛰어난 검술을 지녔다.

문제는 어디로 튈지 알 수 없는 성격과 반항심이었다.

사춘기 소년도 아니고, 때때로 뻘짓을 했었기에 게임 오버를 당한 경험도 있었다.

그러한 시련(?)을 극복하고 잘 육성하면 기사 중에서는 최강의 무력을 가진 인재로 성장하는 만큼 페널티를 무시하고 키우기도 했다.

단, 지금은 게임이 아닌 현실이었기에 말도르가 말썽을 피울 기미를 보이면 바로 목을 쳐 버릴 생각까지 했었다.

"영주님! 저희들의 충성을 받아 주십시오!"

"받아 주십시오!"

"……."

저벅. 저벅.

아론은 천천히 그들의 앞으로 걸어갔다.

피로 샤워를 한 자들이었다.

상태가 좋지 않은 병사도 있었다.

그럼에도 무릎을 꿇고 움직이지 않고 있었으니, 백성들에게 보여 주기에 이만한 퍼포먼스도 없을 것이다.

"이미 너희는 여신의 백성이다."

"주군께 충성을 맹세하고 싶습니다."

"허락한다."

아론의 말이 떨어지자 그들은 바닥에 머리를 박았다.

오물과 피 범벅인 땅이다.

개인적으로는 말리고 싶었지만, 그래서야 모양이 나오지 않았다.

백성들의 표정만 보아도 알 수 있었다.

뭔가 형용할 수 없는 표정에 광기가 더해지는 것이, 꽤 성공적인 퍼포먼스였다.

가장 말썽을 부렸던 말도르에게 약간의 신성력이 깃들었다.

"여신님과 신성 군주를 위하여!"

"위하여!"

'고무적인 성과다. 성기사가 나오려나?'

아론의 막사.

마을의 전후 처리는 대충 끝났다.

내일이 되면 목책을 새롭게 만들고 재건에 들어갈 것이다.

시신을 빨리 치워 다행이었다.

중세에서 가장 걱정이 되는 부분이 전염병이다.

가뜩이나 위생도 좋지 않은데 시신까지 방치했다가는 전염병이 발생해 전멸할 수도 있었다.

웨이브를 막는 것도 힘들지만 생존에 대한 부분도 간과할 수 없었다.

백성들이 자발적으로 만들어 온 오크통에서 목욕하고 나온 아론은 딱딱한 침대에 앉아 내일의 할 일을 떠올렸다.

"영지 수복이 최우선이다."

인구가 많을수록 식량이 부족해진다는 딜레마 속에서도 영지 수복은 필수적이었다.

식량이 부족해지면 여러 가지 문제가 발생하지만, 어떻게든 극복이 가능한 부분이었다.

인구가 부족해 병력을 늘리지 못하면 생존과 직결된다.

노동력도 마찬가지다.

영지를 경영하기 위해서는 반드시 노동력이 필요했다.

곳곳에 군대를 보내 생존자를 구출하는 작업은 선택이 아닌 필수였다.

'던전 탐사나 내정 등 할 일이 많지만, 내일 당장 병력을 보낸다. 나는 남작을 잡기 위해 움직여야겠군.'

우선순위를 정한 아론은 인벤토리를 열었다.

"그럼 보상을 풀어 볼까?"

가장 먼저 들어오는 것은 최초의 레어 아이템이다.

매직 아이템도 분명 상당한 효율을 발휘했다.

초반부에 레어 아이템이 나타나 준다는 것은 운이 하늘에 닿았다고밖에 설명할 길이 없었다.

오크 로드의 반지

등급: 레어

물리 방어력: 5

마법 방어력: 5

내구도: 15/20

추가 옵션

힘+5

체력+1

오크 로드의 유산.

−힘으로 모든 것을 부술 것이다−

"나쁘지 않다."

상당한 옵션이었지만 심장이 뛸 정도는 아니었다.

힘에 특화되어 있었으며, 소소하게 체력이 하나 붙은 것도 초반에는 쓸 만한 옵션이라 할 수 있었다.

액세서리 반지의 장점은 검이나 방어구와 달리 2개까지는 착용할 수 있다는 점이다.

반지를 바로 착용해 봤다.

꽈드득!

근육이 팽팽해지며 알 수 없는 힘이 내부에서 치솟았다.

아론은 바로 상태창을 확인했다.

아론 오라클 LV.6

직업: 신성 군주−베일리의 사도.

스킬: 신성의 오라 LV.2 힐 LV.3 (남은 포인트 +1)

스탯: 체력(7) 정신(5) 힘(13+5) 민첩(5) 지혜(3) 신성력(1+1)

상점 포인트: 20

이만하면 극적인 변화라고 말할 수 있을 정도였다.

그다음은 상점 포인트 사용.

이건 강제 선택지다.

20포인트로 살 수 있는 스킬이라고는 신성의 방패 하나.

아론은 설명을 한 차례 확인한 후 구매했다.

신성의 방패 LV.1

방패에 가해지는 충격 흡수 30% 감소.

"결국 세 가지 포지션으로 갈 수밖에 없군."

생각 같아서는 후방에서 지휘만 하고 싶었다.

적진 한복판을 종횡무진하면 죽을 수 있다는 사실을 누가 모를까.

문제는 아론의 실력이 강제로 전투를 하게 만든다는 것이다.

오크 로드만 해도 그랬다.

직접 나서지 않았다면 기사가 죽었을 터.

기사를 하나라도 잃으면 큰 문제가 발생할 수밖에 없으니 아론이 나섰던 것이다.

아론이 강해질수록 전투는 강제될 것이다.

스킬 포인트는 신성의 방패에 투자한다.

신성의 방패 LV.2

방패에 가해지는 충격 흡수 40% 감소.

방패를 드는 순간 탱커의 개념이 탑재된다.

힐을 사용했으므로 사제의 역할도 할 것이며, 스탯이 힘 기반이었으므로 근접 딜러도 겸해야 한다.

그러면서도 전장 전체를 보며 지휘해야 했으니 최악이 따로 없었다.

마지막으로는 은급 상자를 꺼냈다.

초반에 동급 상자가 아닌 은급 상자가 나타나 준 것 역시 상당한 운이 작용했다고 볼 수 있었다.

그렇다고 해 봐야 언 발에 오줌 누는 정도겠지만, 아론에게는 당장의 생존이 당면한 최우선 과제였다.

상자를 바로 오픈했다.

[묵은 밀 300kg을 획득했습니다.]

[오래된 성기사의 방패(매직)를 획득했습니다.]

"음?"

운이 없으면 은급 상자에서도 아이템이 출현하지 않는다.

평생 쓸 운을 다 쓰면 레어 아이템이 뜰 수도 있었지만,

그런 이지모드는 이 세상에 어울리지 않았다.

　매직 아이템이 하나 나왔다는 것은 그럭저럭 나쁘지 않은 결과였다.

　무엇보다.

"세트인가?"

　바로 감정에 들어가 봤다.

오래된 성기사의 방패

등급: 매직

물리 방어력: 15

마법 방어력: 10

내구도: 7/10

추가 옵션

신성력+1

체력+1

세트 옵션

체력+2

죽어 간 성기사의 유물.

―여신을 위하여―

"호오."

오래된 성기사 세트는 초반에 자주 출현하는 흔한 매직 아이템이다.

그럼에도 아론이 기뻐하는 것은 두 가지 세트를 이 시점에 모으기는 매우 힘들다는 것 때문이었다.

신성력은 계륵 같은 존재였지만 신성 마법이 하나 추가되면서 반드시 필요한 부분이었다.

체력은 말할 것도 없다.

이만하면 대놓고 탱커의 길을 가라고 손짓하는 것이나 다름없었다.

거기까지 생각이 미치자 한숨이 나왔다.

"고생길이 훤하다."

다음 날 새벽.

아론은 동이 트기도 전에 일어나 하루를 준비했다.

[354:59:59]

눈을 뜨면 보이는 것은 다음 침공까지 남은 시간이다.

이러다 보니 자는 시간조차 줄이게 됐다.

체력이 받쳐 주는 선에서 군주는 바쁘게 움직여야 한다.

아론은 이 세상에 살아남는 유일한 군주라는 설정이다.

총책임자가 일을 하면 할수록 클리어의 가능성은 높아지므로 잠을 늘어지게 자는 일은 있을 수 없었다.

체력이 높아지니 하루에 4시간 정도 자는 것만으로도 충분하기도 했고 말이다.

밖으로 나와 신비롭게 반짝이는 신성 보호막을 바라봤다.

하나둘 마을사람들이 깨어나 하루를 준비했다.

곳곳에서 고소한 빵 냄새가 번졌다.

'오늘 작전에 실패하면 빵 굽는 냄새가 사라질 것이다.'

식량의 확보는 무엇보다 중요한 문제다.

어제 전투가 끝나고 여러 기적이 나타났기에 백성들의 사기는 높았지만, 삶에 기본적인 식량이 떨어지면 무슨 일이 벌어질지 몰랐다.

"영주님."

"경이 새벽부터 어쩐 일인가?"

"잠이 오지 않아 일찍 일어났습니다."

"그런가."

좀처럼 잠을 못 자는 것은 레미나 경도 마찬가지인 듯했다.

다른 기사들과 달리 레미나 경은 무력에만 신경 쓸 수 없었다.

영지의 행정관도 겸하고 있었기에 전반적인 상황에 크게

관심을 쏟았다.

"드릴 말씀이 있습니다."

"시찰을 겸해서 걷지."

"예."

마을 전체에 죽음의 냄새가 가득했지만 전염병이 퍼질 염려는 없어 보였다.

시신을 제대로 태우고 오크들의 시신 역시 잘 처리했기 때문이다.

위태롭게 서 있는 목책은 언제든 무너질 것 같았다.

전부 철거하고 새롭게 둘러야 할 것이다.

피로함이 가시고 좀 더 상황에 집중할 때가 되니 모든 것이 태부족으로 보였다.

"영주님."

"그래, 할 말이 있다고 했지. 뭔가."

"전반적으로 모든 것이 문제입니다. 영지가 무너지고 있지 않은 것이 신기할 만큼이요."

"좀 더 구체적으로."

"오랜 징집으로 인해 노동력은 현저히 감소했으며, 모든 재화를 소모했으므로 경제라고 할 것이 없는 상태입니다. 물물 교환을 위한 식량도 없으니 경제 자체가 돌아가지 않습니다. 젊은 청년의 인구가 감소하니 영지가 살아남을 수 있는 원동력조차 잃었죠."

"......"

매우 심각하게 들렸다.

레미나는 영지의 행정관이었지만 '행정'이라고 할 만한 것이 없다는 것이 가장 큰 문제라고 지적했다.

그저 살아남기 위해 달려온 영지였다.

아직까지 멸망하지 않고 버틴 것은 분명 칭찬받을 만한 일이었으나, 미래를 생각하면 암울하기 짝이 없었다.

그 부분에 대해서는 아론도 공감했다.

"경의 말이 맞다."

"대안이 있으십니까?"

"지금 당장은 신심으로 갈 수밖에 없다. 허나 점점 안정이 될 거야."

"그러기에는 많은 문제들이 있습니다."

아론은 몸을 돌려 레미나와 마주했다.

이 아름다운 여기사의 얼굴엔 근심이 가득했다.

"나를 믿어라."

레미나는 눈을 동그랗게 떴다.

그 모습이 말도 안 될 정도로 예뻤다.

현대에 이런 캐릭터가 실존했다면 바로 연예계로 데뷔해도 될 지경이었다.

시간이 흐르면 진 히로인으로도 만들 수 있었지만, 지금 히로인으로 선택하게 되면 바로 망테크다.

'신성 군주가 여기사와 놀아났다? 그 순간 폭망이지.'

레미나와는 군주와 기사의 관계를 유지해야 한다.

작업(?)을 하려거든 애정이 아닌 신뢰도를 올리는데 주력하는 것이 좋다.

아론은 레미나의 어깨를 강하게 짚었다.

"내가 경을 이끌 것이다."

"……예."

두근! 두근!

레미나의 심장이 미친 듯이 뛰었다.

목책을 살펴보며 근심 어린 표정을 짓고 있는 아론 오라클 영주는 매우 이상적인 군주였다.

무척 깊은 신앙심을 가지고 있었으며, 여신이 선택한 남자다.

절망이 가득한 대륙에서 유일한 등불이 될 터였기에, 레미나의 이런 감정 변화는 꽤 큰 배덕감을 가져왔다.

'감히 내가 군주에게 불경한 마음을 품다니.'

레미나는 정신을 차리기 위해 노력했다.

그녀 역시 여기사와 군주가 이어질 수 없다는 사실을 잘 알고 있었다.

세상이 멸망하기 전이라면 어떻게든 가능할지도 몰랐다.

하지만 지금은 상황이 좋지 않았다.

악이 대륙을 침식해 가는 중이었으며, 조금이라도 삐끗하면 영지 전체가 멸망할 수 있었다.

아론 오라클은 신성 군주였다.

여신의 선택을 받았으며, 사도로서 신정 일치를 구현하였으므로 여기사와 놀아났다는 소문이 퍼지는 순간, 그 정통성이 무너질 터였다.

그럼에도 사람의 마음까지 어찌할 수 있는 것은 아니다.

"레미나 경, 어디 아파?"

"……!"

레미나는 익숙한 목소리에 퍼뜩 상념에서 깨어났다.

"아, 아닙니다."

"열이 나는 것 같은데, 어디 상처라도 입은 것 아니야?"

아론의 혈육 레냐 오라클이 물어왔다.

어린 시절부터 보아 왔기에 막역한 관계라고 봐도 무방했다.

레미나는 급하게 감정을 숨겼다.

"아무래도 상황이 좋지 않으니까요."

"이해해. 다들 날카로울 수밖에 없어."

"예, 아가씨."

레미나는 그렇게 돌아서며 결심했다.

'주군을 연모하는 것은 중죄다. 이 감정은 무덤까지 가지고 가야 해.'

여명이 뜨기 시작했다.

태양의 붉은빛이 신성 보호막에 닿으며 산란했다.

굉장히 아름다운 광경이었으나, 그 아래 펼쳐진 풍경은 썩 좋지 않았다.

어제 늦게까지 작업을 하고 새벽에도 백성들이 움직였지만, 그저 잔해를 치우는 수준에 그치고 있었다.

마을 전체를 복원하려면 많은 노동력과 시간이 필요할 것이다.

아론은 은급 상자에서 얻은 식량을 레미나 경을 통해 배분하면서도 걱정이 사라지지 않았다.

며칠 안에 식량을 수급하지 못하면 큰 일이 발생할 것이 분명했기 때문이다.

발몽 남작을 쫓으려는 이유도 여기에 있었다.

아론은 마이어 경을 통해 영지 전역을 수복하게 하는 한편, 병력 50명을 따로 편성하였다.

대부분 1군진에 속했던 중앙군이었다.

지금은 아론의 휘하에 들어와 영지군에 소속됐다.

바이렌과 말도르를 필두로 병사들의 눈에 살기가 흘렀다.

쿵!

아론 역시 그들의 분노에 공감한다는 듯 검을 바닥에 꽂으며 외쳤다.

"발몽 남작은 제군들을 지켜야 하는 임무를 받았음에도 도주했다."

"……!"

중앙군 출신 병사들의 눈동자가 더욱 사나워졌다.

특히 말도르는 눈앞에 발몽 남작이 있다면 당장이라도 찢어발길 기세였다.

남작은 자신의 의무를 등한시한 것을 넘어 병력과 식량까지 빼돌려 도주했다.

그 탓에 군진에 남은 병사들은 죽을 뻔했던 것이다.

아론이 구원하지 않았다면 전부 사망했을 터다.

'이번 작전에 성공하면 식량은 물론 병력 일부를 보충할 수 있다.'

병력은 아무리 많아도 부족하다.

중앙군 병사들과 반목이 예상되지만, 어떻게든 정예병을 보충할 필요가 있었기에 무리해서라도 데려올 생각이었다.

이 계획이 가능하려면 모든 죄를 발몽 남작이 짊어지고 죽어야 한다.

아론은 바닥에 꽂힌 검을 뽑았다.

"반역자를 처단하고 정의를 바로 세울 것이다!"

제7장
발뭉 남작의 최후

두두두두!

아론은 중앙군 출신 기사들과 병력을 이끌고 빠르게 남하했다.

반투명한 창에 여전히 깜빡이고 있는 발뭉 남작의 병력이 보였다.

뭉쳐 있어 정확한 숫자는 알기 힘들었지만 대략 50명 정도로 추산된다.

국경에서 오라클 영지 남부까지 내려가며 많은 피해를 입었을 것이므로 처음 출발할 때에는 두 배 이상의 병력을 데리고 나오지 않았을까 싶다.

'남작도 어지간하군.'

도주를 하려거든 중앙군까지 데려갔어야 했다.

남작이 죽는 이유는 그 때문이었다.

어차피 망한 세상, 중앙군을 데려갔으면 오죽 좋았을까.

놈의 입장에서 생각해 보면 중앙군을 데려가면 괜한 트러블이 생기지 않을지 걱정됐을 것이다.

왕국을 포기한다는 국왕의 포고가 내려진 마당이다.

중앙군과 지방군은 원래 물과 기름 같은 존재였기에, 하는 꼬락서니를 보니 군진을 다스릴 때에도 이런저런 마찰이 있었을 것으로 보였다.

괜히 중앙군을 데려가면 문제가 될 것 같으니 버려둔 것이다.

이 문제를 중앙군 입장에서 보면 어떨까?

병력은 그렇다고 쳐도 식량까지 모두 털어 간 것이었으므로 그냥 죽으라는 소리나 다름없었다.

중앙군 출신 병사들의 눈에 불꽃이 튀는 이유도 그 때문이었다.

'업보라고 봐야지.'

아론이 말리면 더 큰 문제가 발생할 것이다.

굳이 살려 둘 생각이 없기도 했지만.

"주군, 신성 보호막이 파이온 영지를 침범한 것 같은데, 괜찮을까요?"

아론이 생각에 잠겨 있을 때, 부관 칼슨 경이 말 머리를 나란히 했다.

기마술 스킬이 없어 간신히 버티고 있는 아론과 다르게, 칼슨 경은 꽤나 편안해 보였다.

군주 체면에 힘들다고 닥치라 할 수도 없는 노릇이었다.

아론은 애써 괜찮은 척 연기하며 말했다.

"분명히 문제를 제기하겠지만 오래 버티지는 못할 거야."

"설마 다음 침공도 예정되어 있습니까?"

"물론."

"심각하네요. 이러다 정말 대륙이 망하는 것 아닌지 모르겠습니다."

"망해. 국왕까지 손을 놓지 않았나."

칼슨의 얼굴이 심각해졌다.

아론은 괜히 사기를 떨어뜨리지 않기 위해 보름 후 다시 침공이 시작된다는 말은 하지 않았다.

2챕터는 어제보다 더 빡세질 것이라고 말할 순 없었다.

"괜찮다. 준비하면 돼. 아직 시간은 있다."

"얼마나요?"

"최소한 2주."

"빡빡하네요."

아론은 더 이상의 말을 삼갔다.

중앙군 출신 병사들은 사기가 충만해 있었다.

침공이 머지않았다는 소문이 돌면 심란해지기만 할 것이다.

말없는 진군이 계속되고 있을 때, 미리 나가 있던 척후병이 달려와 보고했다.

"영주님! 여기서 약 3km 떨어진 곳에 몬스터 군집을 발견했습니다!"

"안내하라."

"예!"

몬스터 군집.

던전 부근을 말하는 것 같았다.

어차피 남하하는 길이었기에 던전의 상태가 어떤지 확인해 보기로 했다.

던전이 내려다보이는 언덕.

일행은 잠시 멈춰 휴식을 취했다.

쉬지 않고 3시간을 달려왔으므로 시장기가 몰려왔다.

식사로는 볶은 곡물 가루를 물에 타 먹었다.

그사이에 지휘관들은 언덕으로 올라가 자세를 낮추었다.

-꾸에엑!

-꾸에에엑!

"살벌하네요."

칼슨 경의 한마디로 모두 설명됐다.

던전 입구는 언데드로 인해 완전히 막혔다.

오래된 돌무덤이 입구였지만, 그 부근에 수백 마리가 몰리는 바람에 뚫고 들어가기가 쉽지 않을 것 같았다.

이지를 상실한 언데드들은 어떻게든 던전에 들어가기 위해 몸을 밀어 넣으면서 지옥이 따로 없었다.

입구가 꽉 막혀 시체로 곤죽이 되었으며, 살아남은 놈들은 버둥거리며 끔찍한 광경을 만들었다.

'초급 던전이라고 무시할 수준이 아니군.'

던전은 그 특성상 통로가 매우 좁다.

내부 공간도 마찬가지일 것이다.

문제가 많아 보이지만 아론의 입장에서는 저게 다 경험치 덩어리로 보였다.

두 번의 웨이브를 경험하며 병사들의 레벨도 꽤 올랐다.

기사 하나만 대동해 파티를 구성해도 고속으로 레벨을 올릴 수 있을 것이다.

'던전에는 경험치 보너스가 있지.'

아론의 기억이 틀리지 않다면 경험치 보너스 50%가 가산된다.

괜히 경험치 던전이라 불리는 것이 아니다.

초기에 한 번 싹쓸이하고 나면, 자연적으로 언데드가 조금씩 되살아날 것이니 로테이션으로 병사들을 돌려 전체적인 레벨을 상향 평준화할 수 있었다.

보상으로 주는 마법서는 덤이었다.

"돌아서 간다. 추후 정리할 것이야."

"예, 주군!"

언덕 아래로 내려온 아론과 지휘관들도 잠시 쉬었다.

아론에게 레이더(?)가 있는 이상 서두를 필요는 없다.

어제 전투가 워낙 격렬했던 탓에 강행군을 하게 되면 체력이 떨어진다.

아론은 정체불명의 액체를 내려다보다가 벌컥벌컥 들이켰다.

미숫가루 맛이 나는 곡물 가루였지만 설탕이 없으니 식사대용밖에 되지 않는다. 맛을 기대할 수 없다는 뜻이다.

'중세가 그렇지.'

이 세상에 떨어져 가장 아쉬운 부분이었다.

미각을 포기해야 한다는 것.

현대인 출신의 아론은 벌써부터 정제당 금단 증상이 오는 느낌이었다.

그는 음식에 대한 기대를 접고 중앙군 출신 기사들에게 필요한 질문을 했다.

"발뭉은 어떤 인간인가??"

"쓰레기입니다."

"구체적으로."

"승작만 생각하는 속물이지요."

발뭉에 대한 이야기가 나오자 성질 더러운 말도르는 물론, 바이렌까지 신경이 날카로워졌다.

흥분해 욕을 해 대는 말도르보다는 차분한 성격을 가진

바이렌이 지난 기억을 이야기했다.

"자신의 전공을 위해 부하들을 사지로 밀어 넣길 즐겨했습니다. 그렇게 병력과 기사를 갈아 넣어 전공을 세우면 모두 자신의 공으로 돌렸습니다."

"실책은 부하들의 책임이었겠군."

"맞습니다. 마치 곁에서 보신 듯합니다."

"그런 인간의 보편적인 특성에 대해 말했을 뿐이다."

"놈의 수없이 많은 병사들이 사지에서 목숨을 잃었습니다. 피로 쌓아 올린 업적이 물거품이 되었으니, 그 인간도 속깨나 쓰릴 겁니다."

"그 정도로 병사들을 괴롭혔으면 반란이 일어나도 이상하지 않을 텐데."

"대륙이 망하기 전에는 왕국의 기강이 꽤 강하지 않았습니까. 귀족의 권위도 그만큼 높았죠."

바이렌은 발뭉 남작을 생각하며 조용히 이를 갈았다.

가만히 참고 있던 말도르의 화가 터졌다.

"전공을 위해 아군을 사지로 몰아넣은 것도 문제이지만, 어쩔 수 없다고 생각했습니다. 하지만 이번에 중앙군을 버리고 식량까지 털어 도주한 것은 도저히 용서할 수가 없습니다! 이는 반역에 준하는 행위입니다."

"진정해라. 복수가 머지않았다."

"복수의 기회를 주신 주군께 감사드립니다."

"놈을 처형할 수 있는 기회를 주겠다. 둘이 상의해서 목을 쳐라. 안타깝지만 고문까지 할 시간은 없다."

"그 정도만으로도 충분합니다! 이 은혜는 평생 잊지 않을 것입니다."

아론은 가볍게 고개를 끄덕였지만, 입술이 씰룩거리는 것을 참느라 힘들었다.

'식량도 얻는 겸해서, 신뢰를 쌓을 수 있다면 남는 장사지.'

오라클 영지 남부.

발몽 남작은 제1 군진에서 국경 방어 임무를 수행할 당시부터 대륙 전체가 망해 가고 있다는 전갈을 받았다.

국왕이 주권을 포기했다는 것도.

남작은 서신을 받고 한탄했다.

[지난 시간 내가 들인 노력에 대한 보상이 고작 이것이라니!]

분노가 끓어올랐다.

세상에 어떤 국왕이 주권을 포기한다는 말인가?

왕국이 끝장나기 전, 발몽 남작은 가문을 일으키기 위해 모든 노력을 아끼지 않았다.

귀족들의 무시에서 벗어나기 위해서는 국경에서 목숨을 바치는 것이 유일한 대안이었다.

오직 승작을 위한 목표로 살아왔던 세월.

자신의 대에서 악순환의 고리를 끊겠다는 대의 아래 부하들을 무참하게 갈아 넣었다.

차곡차곡 공을 세워 나갔음에도 왕국에서 지원을 포기해 버렸으니, 그가 국경을 방어하며 목숨을 잃을 이유는 어디에도 없었다.

웨이브가 당도하기 전날까지 그는 도주할 준비를 마쳤다.

빌어먹을 국왕 놈에게 충성을 바친 중앙군 따위는 아랑곳하지 않았다.

목표는 승작에서 생존으로 바뀌었으며 웨이브가 터지는 순간, 중앙군을 미끼로 삼아 도주했으나 결과가 신통치 않았다.

"영주님! 전방에 오크 무리입니다!"

"숫자가 얼마나 되나!?"

"약 백 마리 정도로 추산됩니다!"

"제길! 뚫고 간다!"

여기까지 오는 동안 200명에 이르던 영지군은 50명으로 줄었다.

휘하의 기사 다섯 중 셋이 사망하였으니, 오라클 영지를 벗어날 수 있을지는 알 수 없었다.

퍼억!

전방으로 뛰쳐나간 호위 병사의 머리통이 날아갔다.

오크가 휘두른 편곤에 얼굴 반쪽이 날아가며 쓰러진 것이다.

발뭉 남작은 그 자리에 얼어붙었다.

"영주님! 더 이상 버티지 못합니다!"

"시, 식량을 버린다! 조금만 더 가면 영지에 도착할 거야!"

"포위당했습니다!"

"하……. 씨발."

발뭉 남작은 눈을 감았다.

아무래도 여기까지인 것 같았다.

모두가 절망에 빠져 포기를 하려던 그때였다.

퍼억! 퍼버벅!

오크들의 머리통이 뚫리며 쓰러졌다.

북쪽에서 날아온 화살이었다.

"구, 구원군입니다!"

"와아아아!"

발뭉 남작은 눈을 번쩍 떴다.

구원군?

세상이 망해 가고 있는 지금 구원군을 보낼 영지가 어디 있다는 말인가.

잠시 후, 모습을 드러낸 기사들은 오크들에게 달려들어 성난 황소처럼 날뛰었다.

지원군 기사들의 얼굴을 확인한 발뭉 남작의 동공에 지진이 일어났다.

오크의 피를 뒤집어쓰고 있는 익숙한 얼굴의 중앙군 기사가 그를 바라보며 잔인하게 웃었다.

"간만이다?"

퍼억! 퍼억!

"꾸에에엑!"

아군의 습격이 성공적으로 먹혀들자 발뭉 남작군도 대응에 들어갔다.

앞뒤로 포위당한 적이 쓸려 나가는 것은 순식간이었다.

무엇보다 아군의 사기가 높았다.

그냥 높은 수준이 아니라 악귀처럼 날뛰었다.

웨이브를 겪으면서 레벨이 올랐으며, 아론이 시전한 신성한 오라에 의해 광전사가 따로 없었다.

문제는 발뭉 남작과 중앙군 출신 기사들이 조우하면서부터다.

"개자식아!"

꽈직!

"끄아아악!"

말도르는 발몽 남작과 마주하자 주먹부터 날렸다.

남작의 코가 뭉개지며 코피가 후드득 떨어졌다.

"……!"

발몽 남작가의 병사들은 기사에게 귀족이 폭행당했다는 사실을 믿을 수 없었다.

왕국의 권위가 땅에 떨어지다 못해 주권 따위는 존재하지 않았지만, 관습은 무시할 수 있는 것이 아니다.

남작가 기사단장 오르곤이 기겁하며 소리쳤다.

"말도르 경! 지금 뭐 하는 짓이오!"

"우리를 버린 것에 대한 단죄다! 네놈의 새끼도 마찬가지야!"

퍼어억!

"커어억!"

말도르 경은 제비처럼 날아 오르곤의 얼굴을 날려 버렸다.

이번에는 누런 이가 우수수 바닥에 떨어졌다.

남작이 뭐라고 하기도 전에 중앙군 출신 병사들이 남작군을 포위했다.

석궁을 겨누고 있었기에 뭐라고 한마디만 하면 바로 벌집이 될 것이다.

아론은 고개를 흔들었다.

아주 당연한 결과였다.

지휘관이 도주하여 죽을 뻔한 사람들이다.

울화가 쌓이지 않으면 그게 더 이상한 일 아닌가.

발뭉 남작은 코를 부여잡았지만 쏟아지는 피를 막을 수가 없었다.

'중급 기사에 성기사의 자질까지 보이는 말도르 경이 전력으로 후려쳤으니, 당장 죽지 않은 것만 해도 기적이다.'

양측에 쌓인 감정의 골은 엄청 깊었다.

아론이 나서면 어렵게 얻은 충성심마저 깎여 나갈 수 있었기에, 나서지 않는 것이 상책이었다.

"오, 오라클 남작! 자네가 말려 보게! 이놈들이 반역을 하고 있네!"

"……."

"우리는 같은 귀족이 아닌가!"

발뭉 남작이 엉금엉금 기어와 아론의 바짓가랑이를 붙들었다.

그 순간.

서-걱!

푸하하학!

"끄아아악!"

발뭉 남작의 손목이 칼슨 경에 의해 날아갔다.

"어디 그 더러운 손을 주군께 올리느냐!"

피가 분수처럼 솟구쳤다.

그제야 발몽 남작은 깨달았다.

'이 새끼들이 짰구나!'

지혈을 하지 않는 이상, 발몽 남작이 살아남을 가능성은 없었다.

"주군! 반역자에 대한 처형 명령을 내려 주십시오!"

말도르 경이 아론에게 요청했다.

애초에 모두 계획된 일이기에 아론은 가볍게 고개를 끄덕였다.

"나는 이따위 놈을 귀족으로 인정하지 않는다. 목을 쳐서 귀족의 명예를 바로 세우도록 하라."

살벌한 분위기가 흘렀다.

발몽 남작 휘하 병사들은 모두 무릎이 꿇려 있었으며, 조금이라도 움직일 기미를 보이면 모조리 처형해 버릴 기세였다.

가장 먼저 끌려 나온 자는 발몽 남작이었다.

이번 사건을 발생시킨 바로 그 원흉.

아론이 아닌 다른 누군가가 책임자로 온다고 해도 발몽 남작을 구원하기는 힘들 터였다.

놈의 얼굴은 눈물과 콧물로 범벅이었다.

"오라클 남작! 제발 살려 주게! 내가 잘못했네! 자네도 귀족이니 나를 이해하지 않나?"

칼슨 경에게 손목이 날아갔기에 발뭉 남작의 얼굴은 핏기가 하나도 없었다.

가만히 두어도 과다 출혈로 죽을 것이다.

하지만 그렇다 해도 중앙군 출신 기사와 병사들의 한을 풀 순 없다.

남작의 처형은 말도르 경이 맡았다.

그는 아론의 명령이 떨어지기만을 기다렸다.

"베어라."

서-걱!

푸하학!

눈물을 철철 쏟던 모습 그대로 머리통이 바닥에 떨어졌다.

그것으로 끝이었다.

동료까지 버리며 살아남기 위해 발버둥 쳤던 발뭉 남작은 자신이 배신한 기사의 손에 목숨을 잃었다.

"쳇."

막상 남작의 목을 친 말도르 경의 표정은 썩 좋지 않았다.

'복수란 그런 것이지.'

복수를 완성하고 나면 속이 시원할 것 같지만 꼭 그렇지만도 않다.

오히려 허탈감이 몰려오기 마련이었다.

물론, 복수가 필요 없다는 뜻은 아니다.

발뭉 남작이 죽지 않았다면 중앙군 출신 병사들은 항상 분노를 가슴에 품고 살아가야 한다.

그건 아론에게 있어서도 좋은 일이 아니었다.

발뭉에 이어 기사단장 오르곤 바이너스가 끌려 나왔다.

이번에는 바이렌 경이 검을 들었다.

"주군! 오르곤 단장은 발뭉 남작의 최측근이었습니다. 그 누구보다 아군을 사지로 밀어 넣는데 적극적이었지요. 대체적으로 발뭉 남작의 행동은 오르곤의 생각으로부터 비롯되었습니다."

"아, 아니다! 모두 발뭉 개자식이 시킨 거야!"

"정말 대책도 없는 쓰레기로구나!"

기사들의 표정이 더욱 일그러졌다.

이 세상을 지배하는 두 가지 신념은 신앙과 '기사도' 다.

발뭉 남작이 아무리 쓰레기 같은 짓을 하며 살았다고 하나, 목숨까지 잃은 주군을 욕하는 것은 기사도에 심각하게 어긋나는 행위였다.

아론도 이 시대 세계관을 이해했으므로 그에 맞는 처결을 내려야 했다.

"숨을 쉴 가치조차 없는 놈이다. 베어라."

"아니, 내 말을 좀……!"

서걱!

오르곤 바이너스의 목이 바닥에 떨어졌다.

핏물이 눅진하게 골을 타고 흘렀다.

처형이 끝났다.

이제 남은 인원은 발뭉 남작 휘하 하급 기사 제피드 브라이넌과 50명의 병사였다.

제피드는 담담하게 죽음을 받아들이고 있었으나 병사들은 몸을 덜덜 떨었다.

사람들의 시선이 아론에게 향했다.

그의 한마디에 따라 이들의 최후가 결정될 것이다.

담담한 표정의 아론이었지만 속으로는 여러 가지 생각이 휘몰아치고 있었다.

'병사들은 구해야 한다. 가능하면 제피드 브라이넌도 구하면 좋겠지만, 여의치 않으면 목을 칠 수밖에.'

아론의 입장에서는 무조건 발뭉 남작군이 필요했다.

애초에 그게 아니었다면 위험스럽게 이번 일을 계획하지도 않았다.

식량을 구한다는 명목만으로는 수지 타산이 맞지 않았던 것이다.

하지만 아론이 조금이라도 잘못 처리하면 중앙군 출신과 발뭉 남작군 출신이 반목하게 될 것은 뻔했다.

'계층을 만들어야 한다. 이 시대의 관념으로 보면 죄인

의 권리를 낮추는 것은 당연한 일이야.'

아론은 신중하게 결정을 내리며 입을 열었다.

"남작은 살아 있을 가치도 없는 놈이었다. 부하들을 사지로 몰아넣고 동료를 배신한 것만으로도 그 죄는 씻지 못한다. 시간이 있었다면 능지형에 처했을 터."

"……."

"배신을 부추긴 오르곤 단장 역시 죽어 마땅했다. 남작의 결정을 방조한 너희들의 죄도 크다. 명령이기에 따랐다는 면죄부는 통하지 않는다. 너희들도 속으로는 안심하지 않았나. 동료를 버리면 살 수 있다는 희망을 품었을 것이다."

남작군 병사들의 눈에 더욱 큰 절망이 내려앉았다.

다들 꼼짝없이 죽었다고 생각했다.

아론은 이들을 바닥의 끝까지 몰아넣은 후 희망 한 조각을 던져 주었다.

"허나 지금 '인류'의 상황은 녹록지 않다. 너희에게 죄를 씻을 기회를 주겠다. 모두 '훈련병'으로 재입대하라. 따로 명령이 있기 전까지는 모두 훈련병이다. 신병으로 거듭날 수 있을지 말지는 앞으로의 행동을 보고 판단하겠다."

"……!"

남작군 병사들이 고개를 번쩍 들었다.

'지옥과 천국을 오간 기분이겠지.'

아론이 처음부터 이들의 신분을 강등했다면 어떤 일이 벌어졌을까?

남작군 내부적으로 불만이 쌓일 수밖에 없을 터였다.

그렇다고 신분을 그대로 유지시킨다면 아군의 사기가 바닥에 처박히고 만다.

죄인에게 공평함이란 통하지 않는 세상이었다.

법에 따른 재판도 필요 없다.

질서가 무너진 세상이기에 지금처럼 일을 처리하는 것이 맞았다.

"마지막으로, 제피드 브라이넌."

"예."

"네 생각을 듣고 싶군."

"입이 열 개라도 할 말이 없습니다. 사형을 선고하신다면 받아들이겠습니다."

아론은 바이렌 경을 바라봤다.

제피드에 대한 그의 평가를 알고 싶은 것이다.

대답 대신 작게 고개를 끄덕이는 바이렌.

제피드 브라이넌은 다른 쓰레기와는 조금 다른 행보를 걸어왔던 듯했다.

"지켜보겠다. 미래에 '경'의 칭호를 되찾을 수 있을지는 네 노력 여하에 달렸다."

영지로 복귀하는 길.

아론은 훈련병의 무구를 따로 빼앗지 않았다.

그들도 생각이 있다면 오라클 영지에 편입하는 것이 생존을 위한 유일한 길이라는 사실을 알고 있을 것이다.

그러니 반란이 일어날 가능성은 크지 않았다.

그 씨앗은 제거했으며, 훈련병을 이끌 대표 제피드 브라이넌은 항상 남작에게 반항적이었다고 한다.

그런 사람이었으니 자신의 죄를 충분히 인지하고 있을 것이다.

기사를 평범한 사람으로 생각하면 곤란하다.

그들은 준기사 시절부터 끊임없이 기사도를 주입받는다.

애초에 기사도 정신이 부족한 병사는 준기사가 될 수 없으며, 선배들로부터 혹독한 정신 교육을 당하기에 생각하는 회로 자체가 달랐다.

기사가 한 번 정한 길을 뒤바꾼다는 것은 힘든 일이다.

제피드 브라이넌이 별다른 저항 없이 오라클 영지에 편입된 것은 평소부터 발몽 남작의 행보를 받아들일 수가 없었기 때문이다.

물론 기사도 인간이기에 흔들릴 순 있었다.

인간의 마음이 한결같을 수는 없으니까.

제피드 브라이넌은 그러한 흔들린 마음에 대한 대가를 받고 있는 것이었다.

발뭉 남작군 출신을 받아들이는 문제는 이것으로 일단락 되었다.

이제는 중앙군 출신 기사들을 이해시켜야 했다.

아론은 도트린 마을을 두 시간 앞두고 잠시 쉬어 가기로 했다.

그러고는 바이렌과 말도르를 불렀다.

"찾으셨습니까."

"앉지."

"감히 주군 앞에서 그럴 수는 없습니다."

"명령이다."

"……예."

아론은 바닥에 털썩 주저앉았으나 기사들은 한쪽 무릎을 꿇고 주먹을 바닥에 댔다.

서 있는 것보다 불편해 보였다.

그럼에도 명령을 물릴 수는 없었으니 본론을 이야기했다.

"평시였다면 모두에게 사형을 선고했을 것이다."

"……."

"허나 상황이 상황이니 만큼 생존을 위해 병력을 최대한 이용하는 것이 현명한 것이라고 본다."

"주군, 저희에게 설명하실 필요 없습니다."

"마저 들어라."

"예."

"훈련병에 대한 생사여탈권을 경들에게 부여하려 한다."

"예!?"

"상황이 안정됨에도 저들을 죽여야겠다는 생각이 들면 그리하라. 기한은 한 달. 그 후에는 권한을 회수할 것이다."

두 기사는 고개를 숙였다.

바이렌은 한차례 숙고한 후 입을 열었다.

"말씀 거두어 주십시오!"

"어찌하여?"

"생사여탈권은 군주 고유의 권한입니다. 기사는 주군의 결정에 따를 뿐입니다."

"알겠다."

기사들이 물러갔다.

이것으로 되었다.

기사도에 절어 있는 두 기사가 입 밖으로 한번 내뱉은 말이므로 다시 주워 담지는 않을 것이다.

한차례 휴식을 취한 병력은 최대한 서둘렀다.

오라클 영지 권역에 들어왔다지만 언제 오크에게 습격을 받을지 모르는 상황이었다.

바이렌 라블린은 신성한 보호막이 어떤 기능을 하는지

들었다.

외부에서 침입하는 마물은 100% 방어하지만, 이미 그 안에 들어와 있는 적까지는 어쩔 수 없다는 것을.

영지 내부가 청소되기 전까지는 조심하는 것이 맞다.

그는 주변의 경계를 철저히 하면서도 지금까지 있었던 일을 상기했다.

'대의를 위한 결정이었다. 그러면서도 복수를 완성하였으니 매우 현명한 처사다.'

바이렌은 영주의 판단에 감탄했다.

이제 갓 스물이라고는 상상할 수 없을 정도의 판단력이었다.

발뭉 남작군을 모두 죽이면 속이야 편하겠지만 병력에 구멍이 생긴다.

그렇다고 한꺼번에 받아들이면 중앙군 출신 병사들에게 불만이 생길 것이 뻔했다.

이런 딜레마 속에서 죄를 씻는다는 명목으로 그들의 신분을 격하시킬 줄은 상상도 못 했다.

영주의 결단으로 중앙군 출신 병사들은 불만이 없었다.

저 성질 더러운 말도르도 마찬가지였다.

"개자식들! 아주 곡소리가 날 정도로 굴려 주마!"

가학심을 부추기는 것은 아니다.

어디까지나 죄인이 죄를 씻는다는 명분이 있었다.

이는 계급이 낮아진 발뭉 남작군 출신도 마찬가지다.

지금은 훈련병이지만 언제고 정규군에 편입될 수 있었다.

발뭉 남작의 결정이었지만, 그 결정에 편승한 것은 죄가 맞았기에 그들의 입장에서도 차라리 훈련병으로 잠시 있는 것이 편할 것이다.

'주군께서는 지혜를 타고나셨다.'

여신의 선택을 받은 자.

어둠이 세상을 집어삼킬지라도 아론 오라클이라면 한줄기 등불이 될 터.

바이렌 라블린은 그렇게 확신했다.

도트린 마을.

아론이 돌아왔을 때에는 어느 정도 전후 처리가 끝난 상태였다.

아군과 오크들의 시신을 태우고, 부상자를 치유하는 광경만 봐도 거의 정리되었다고 할 수 있었다.

훈련병들은 전원 경계 근무에 들어갔다.

3교대로 근무를 세웠으니, 빡세게 굴리겠다는 말도르 경의 말은 허언이 아니었다.

덕분에 병사들이 좀 편해졌다.

아론이 도착하자 마이어 경이 달려왔다.

"주군! 덕분에 한시름 놓았습니다!"

"그런가."

"10일치의 식량을 확보했으며 병력도 50명 늘어났으니 말입니다."

"……."

아론은 쓴웃음을 지었다.

발몽 남작은 최대한 식량을 털어 도주했지만, 애초에 그리 많은 양은 아니었다.

당장 굶는 수준은 아니었지만, 이래서야 아랫돌 빼서 윗돌에 괴는 격이었다.

기존 식량과 합치면 대략 보름 정도는 버틸 수 있다는 결론이 나왔다.

그 안에 방법을 찾아야 한다.

마이어 경은 아론이 없는 동안 많은 일을 처리했다.

본령 부근 모든 마을을 수복하는 동시에 피해 상황까지 집계했던 것이다.

"사상자는 사망 78명, 중상 27명입니다. 치료 유무에 따라 사망자는 더 늘어날 전망이지요."

"심각하군."

"그나마 병력 손실은 50명 정도입니다. 나머지는 백성들이니까요."

아론이 동분서주했으나 여전히 병력 부족에 시달렸다.

중앙군 출신과 발몽 남작군 출신을 합하면 100명이 되었다.

그럼에도 영지의 총 병력은 200명 수준에 불과했으니 여전히 심각하긴 했다.

노병과 청소년층까지 징집하면 300명은 맞출 수 있겠지만 이대로는 미래가 없었다.

한 가지 반가운 소식이라면.

"영지 내부를 수복해 나가면서 500명 정도의 인구가 추가됐습니다. 청년층이 대부분 전사하기는 했습니다만, 어찌어찌 30~40명은 추가로 징집이 가능할 걸로 보입니다."

인구가 늘어났다는 것은 고무적인 성과였으나, 청년층이 대부분 사망했다는 것이 문제였다.

농사를 지으려면 여성 인력과 소년, 노인까지 전부 써야 할 듯했다.

"그 밖에 다른 소식은?"

"파이온 자작의 항의서가 도착했습니다."

마이어 경은 꽤 심각한 표정이었지만, 아론은 직감했다.

자작의 수작질이 생존의 '열쇠'가 될 것임을.

제8장
경험치 던전

도트린 마을 한복판.

백성들은 이리저리 바쁘게 움직이고 있었다.

아직 영지의 체제는 엉망이었으나 신정 일치로 버티는 중이다.

신성 군주인 아론까지 쉬지 않고 있었으니 그 모습을 본 병사들도 쉬지 않고 스스로 노동에 참여했다.

아론은 마을 한복판에서 마이어 경이 건네준 서신을 폈다.

촤악!

[오라클 남작은 보라.

국왕께서는 주권을 각 제후들에게 돌려주시고 독립을 윤

허하셨다.

군주들은 각자도생에 들어갔으며, 이는 각각의 왕국을 운영하는 것이나 진배없는 일이다.

영주는 본인의 영토를 지켜야 할 사명이 있는 바, 경의 영토 침범은 추후 양측의 심각한 갈등을 유발할 수 있다.

오라클 남작.

지금이라도 늦지 않았으니 당장 침범 행위를 거두라.

이는 경고이니, 결코 가볍게 흘려듣지 말아야 할 것이다.]

기밀도 아니었으므로 마이어 경에게도 서신을 읽어 보게 했다.

마이어 경의 얼굴은 그 즉시 일그러졌다.

"웃기는 작자입니다. 누가 보아도 여신의 가호로 인한 기적임을 인지하였을 텐데, 이걸 두고 침략 행위로 규정하다니요."

"명분 쌓기다."

"무엇을 위한 명분이란 말입니까?"

"영토를 넓혀 보고자 함이 아니겠나."

"허어, 이런 상황에서 말이옵니까?"

"인간의 욕심은 끝이 없다. 왕조가 괜히 멸망하나. 적이 아니라 인간의 욕심 때문에 멸망하는 것이다. 왕국의 제후들이 각자도생하게 되었다면 무슨 생각부터 하겠나."

"왕국이라도 이룩하겠다는 겁니까?"

"군주의 입장에서 보면 그럴 수도 있다."

"관점의 차이인 것이군요."

아론은 어디까지나 객관적으로 상황을 들여다보는 것뿐이었다.

대륙 각지에 침공이 일어나 멸망하는 와중이라고는 하나, 그것이 영원할 것이라 여기는 군주는 없다.

이런 상황이라면 욕심이 고개를 쳐드는 것도 무리는 아닌 법.

그런 귀족은 이웃 영지에도 있었다.

"딱히 특별한 일은 아니지."

아론은 지휘부 막사로 들어와 자작에게 보낼 서신을 작성했다.

[파이온 자작님께.

현재 오라클 영지는 생존에 치중하고 있습니다.

귀 영지를 침범할 의사는 없으며, 신성 보호막은 여신의 기적으로 일어난 일인 바, 인간이 관여할 일이 아닌 줄 아옵니다.

최악의 상황 속에서도 신심을 굳건히 하신다면 여신의 가호가 귀 영지에도 미칠 것이라 확신합니다.]

서신은 마이어 경도 읽어 봤다.

그는 아론에게 적절한 조언을 했다.

"주군을 너무 낮추시는 건 아닌지 우려됩니다."

"이대로 보내라."

"괜찮겠습니까?"

"가만히 두어도 파이온 영지는 스스로 무너지게 되어 있다. 우리가 관대함을 보여야 자작군을 흡수할 수 있는 명분이 쌓일 거야. 더불어 그 백성까지."

"……!"

아론의 꿈은 파이온 자작에게 비할 수가 없었다.

단순히 영지 하나를 흡수하겠다는 것?

그는 세계 유일의 군주로 군림하게 될 것이다.

"가신을 모아라. 회의를 개최한다."

도트린 마을 지휘부 막사.

마을 회관이 반쯤 무너지는 바람에 마을에는 제대로 된 건물이 없었다.

언제 건물이 완성될지 알 수 없었으므로 아론은 막사를 넓혀 회의실로 사용했다.

가신들의 얼굴은 무척 피로해 보였다.

회의실에는 바이렌과 말도르도 함께하고 있었다.

정식 가신은 아니었지만 준가신의 신분으로 참석한 것이

다.

회의장의 분위기는 꽤 무겁게 가라앉아 있었다.

지금 상황을 보면 하루하루가 생존을 위한 몸부림이었다.

조금이라도 삐끗하면 모든 것을 잃을 수 있는 것이다.

아론의 강력한 지도 아래 모두 한 몸이 되어 움직여야 한다.

"다들 알겠지만 도트린 마을 남쪽에 던전이 생겼다."

"정벌합니까?"

"바이렌 경은 칼슨 경과 함께 던전을 격파한다. 병력 30을 주겠다."

"예!"

명령을 내린 아론의 시선이 지도로 향했다.

1챕터를 클리어함에 따라 신성 보호막이 오라클 영지 전역으로 넓어졌다.

둥그런 원을 그리며 보호막이 퍼진 덕분에 파이온 자작령을 침범했다.

이걸 빌미로 파이온 자작이 군사 행동을 개시할 수 있었기에 최전방까지 영토를 수복해야 했다.

"마이어 경과 말도르 경은 최전방 바란테 요새까지 진격한다. 반드시 요새를 점령하고 전쟁에 대비해야 할 것이다."

"전쟁이라 하심은?"

"다음 웨이브는 바란테 요새에서 방어한다. 또한 파이온 자작이 어찌 나올지 알 수 없으므로 그에 대한 대비를 겸하는 것이다. 병력 150을 주겠다."

"회의가 끝나는 즉시 출발하겠습니다!"

아론은 병력을 매우 **빡빡하게** 운영했다.

오라클 영지는 넓은 편이다.

던전 탐사에 최전방 요새 수복을 한꺼번에 진행하면 내부 치안 따위는 생각할 수 없게 된다.

그럼에도 개의치 않았다.

'아직은 괜찮아. 백성들은 신앙심을 가지고 있지. 치안에 신경을 덜 쓰려고 문명의 방향을 신앙으로 정한 것도 있다.'

아론은 모든 계획을 추진함에 있어 명분을 굉장히 신경 썼다.

백성들은 기계 부품처럼 일하고 있었지만, 명분 관리에 실패하면 바로 요소 사태를 일으킬 수 있었다.

신앙심을 기반으로 신정 일치를 구현하게 되면, 치안이나 백성들의 불만 요소를 잠재울 수 있다는 장점이 있었지만, 명분이 무너지면 박살이 나게 되는 것이다.

그다음 안건으로는,

"레미나 경."

"네!?"

레미나 경이 호명되자 그녀는 깜짝 놀라 벌떡 일어났다.

아론과 레미나 사이에서 묘한 기류가 흘렀다.

당연히 아론은 무시했다.

뒷말이 나오지 않으려면 자연스럽게 넘어가는 지혜가 필요했다.

"회의 중에 한눈을 팔다니."

"죄송합니다! 워낙에 시급한 안건들이 많아서 말입니다."

레미나 역시 아론이 무엇을 원하는지 눈치챈 듯했다.

그녀의 연기도 자연스러웠다.

가신들은 가볍게 웃어넘겼다.

행정이 완전히 무너졌으니, 행정관을 겸하고 있는 레미나 경의 걱정을 이해하는 것이다.

"경은 레냐와 함께 내정을 다스리고 파종을 준비하라."

"제가요!?"

가만히 회의에 집중하고 있던 레냐가 깜짝 놀라 아론을 바라봤다.

누가 봐도 그녀는 꼬맹이로 보였다.

그럼에도 아론이 기용하는 것은 영지에서 가장 뛰어난 두뇌를 갖고 있었기 때문이다.

마법사가 똑똑하다는 것은 단순한 풍문이 아니다.

스스로 마법을 습득할 정도로 뛰어난 레냐를 마법사만으로 활용한다는 것은 큰 손해였다.

"너는 할 수 있다."

"행정이나 농사는 아는 것이 거의 없는데……."

"레냐 너는 뛰어난 인재야. 내 동생이라서 그러는 것이 아니다. 마법을 스스로 익힐 정도면 행정학도 곧잘 익힐 테지."

"어떻게든 해 볼게요!"

레냐는 가슴을 탕탕 쳤다.

그 모습이 너무 귀여워 가신들은 마치 조카를 보는 듯한 미소를 지었다.

문제는 레미나 경이 제기했다.

"하오나 주군! 행정은 몰라도 농업은 제 전문 분야가 아닙니다."

"농부들을 모집해 도움을 받으면 된다. 그래도 모르겠으면 잭슨 경에게 물어봐라."

잭슨이 자리에서 일어나 꾸벅 고개를 숙인다.

그제야 레미나는 고개를 끄덕였다.

잭슨은 전직 목수였지만, 집안이 아주 오랫동안 농업에 종사해 왔다고 했다.

"잭슨 경은 레미나 경을 도우면서 신병을 훈련시키는데 집중하도록."

"믿음에 보답하겠나이다."

"본령에 있을 카일 경에게도 명령을 내려 영지 각지의 시설물 복원에 들어가도록 지시해라."

"예!"

각자의 역할이 분담되었다.

어느 것 하나 중요하지 않은 일이 없는 임무들이었다.

앞으로도 가신들이 쉬는 일은 없을 터였다.

'인재가 더 필요하다.'

파이온 자작령.

원래 파이온 영지는 인구 2만에 병력 1천을 유지했었다.

대륙의 멸망이 시작되기 전에도 마물을 힘겹게 막아 내고 있었으나, 본격적인 웨이브가 시작되면서 급격하게 영토가 줄어들었다.

매일같이 사상자가 발생했다.

인구는 수천으로 급감했으며, 남아 있는 병력은 300명에 불과했다.

본령을 제외한 몇몇 요새와 마을만 생존했으며, 언제 무너질지 알 수 없었다.

자애로운 영주로 소문이 자자했던 파이온 자작은 시시각각으로 목숨 줄이 죄어 오자 돌파구를 찾아 헤맸다.

그리고 마침내,

"신성 보호막으로는 마물이 침공할 수 없다고?"

"예! 군사 요새 가르텡까지 신성 보호막이 퍼졌으며, 그곳으로는 마물이 침공하지 않음이 보고됐습니다."

"보호막은 어디에서 온 건가?"

"오라클 영지에서 뻗어 나왔습니다."

"오라클 영지 전역이 보호받고 있다는 뜻이냐!"

"예, 영주님!"

기사단장의 보고에 파이온 자작은 오라클 영지를 침공할 계획을 세웠다.

특별히 오라클 남작에게 유감이 있는 것은 아니었다.

가문과 백성이 살아남기 위해서는 반드시 뚫고 들어가야 할 뿐.

이건 생존의 문제였다.

오라클 남작과의 공생은 생각할 수 없었다.

신성 보호막을 가문의 것으로 만들 수 있다면, 주변의 영지를 통합해 왕국을 이룰 수도 있다.

자작은 가슴 깊이 묻어 두었던 욕망이 꿈틀거리는 것을 느꼈다.

"젠트라 경, 우리가 살아남기 위해서는 반드시 신성 보호막이 필요하다. 근원지가 오라클 영지라는 것을 알게 된 이상, 전쟁을 각오해야 한다."

"하오나 명분 없이 쳐들어간다면 병사들이 납득하지 않을 것이옵니다."

"명분은 만들기 나름이다."

"고견이 있으십니까?"

"오라클 남작 역시 신성 보호막의 중요성을 알고 있을 터. 우리와 인접하고 있는 바란테 요새를 수복하고 새롭게 방어망을 구축하려 들 것이다."

"하오시면?"

"갈등을 조장하라. 척후병을 보내 국지전을 벌여라. 양측의 첨예한 긴장을 유도하다 보면 반드시 틈은 생긴다."

전쟁이란 작은 불씨만 있어도 타오르게 되어 있다.

역사에 기록된 수많은 전쟁이 감정적으로 대응해 발생했다.

그만큼 인간은 불완전하며 객관적인 상황보다 케케묵은 감정 때문에 서로 죽이는 역사를 반복해 왔다.

작은 전투가 거대한 싸움으로 번질 게 자명한 일 아닌가.

"바로 명령을 내리겠습니다!"

"경이 직접 가라. 이는 개인적인 욕심이 아니라 영지 전체의 생존을 고려한 것이니, 실수 없도록 하라."

"예!"

자작의 눈동자가 깊게 가라앉았다.

생존이라는 대의명분 아래, 상대가 가진 중요한 자원을 빼앗는다.

오라클 영지에 적의가 휘몰아쳤다.

아론은 영지의 전반적인 상황을 살피면서 경험치 던전에 집중했다.

파이온 자작과 마찰이 예정되어 있었으나 그 부분은 문제 될 것이 없었다.

명분을 찾지 못하면 제풀에 꺾여 쓰러질 것이 자명했다.

오라클 영지는 그렇게 무너져 방황하는 군대와 백성을 흡수하면 된다.

그보다는 끊임없이 뜨는 반투명의 창이 더 신경 쓰였다.

던전에서 보내오는 신호다.

[알테온 중급 병사로 UP 가능]

[페일 중급 병사로 UP 가능]

......

[블레인 하급 병사로 UP 가능]

[칸 하급 병사로 UP 가능]

......

아론은 일부러 중급 병사와 상급 병사를 보내지 않았다.

하급 좀비가 주는 경험치는 뻔했기에 최하급 병사나 하급 병사를 보내 승급하게 하는 것이 최선이었다.

이른바 가성비를 고려한 배치였다.

이제 병사들의 레벨 업이 더뎌졌다.

던전의 내부 정리를 마치고 보스만 남겨 두고 있다는 신호로 봐야 했다.

"그럼 과실을 따러 가 볼까?"

첫 던전을 클리어하고 받을 보상이 기대된다.

아론의 기억으로는 그 보상이 섭섭지 않았다.

도트린 마을 남쪽.

던전 앞에는 시신이 쌓여 썩어 가고 있었다.

그래도 그 양이 많지는 않다.

'던전의 특성 때문이겠지.'

뙤약볕 아래, 악취가 진동하지만 꾸역꾸역 좀비가 몰려와 살풍경을 만들어 냈던 광경을 돌이켜 보면 매우 양호한 상태였다.

거대한 고인돌이 입구다.

그 아래에는 병사 두 명이 폭염에 지친 채 경비를 서고 있었다.

"수고한다."

"충! 영주님을 뵙습니다!"

병사들은 풀어져 있던 자세를 바로 했다.

덥기는 아론도 마찬가지라 병사들에게 앉을 것을 권했다.

"탁 트인 공간이다. 앉아서 근무해라."

"아닙니다! 언제든 적의 공격에 대비할 수 있도록 서 있겠습니다!"

"아주 훌륭한 자세로군."

아론은 고인돌 그늘 아래에서 잠시 땀을 식혔다.

"칼슨은 뭐 하고 있나?"

"전갈을 보냈으니 지금쯤 오고 계실 겁니다."

칼슨이 빼질거리는 얼굴을 드러낸 것은 그 순간이었다.

호랑이도 제 말 하면 온다던가.

밖으로 나온 칼슨은 땀을 삐질삐질 흘렸다.

"아이고, 주군! 죄송합니다. 빨리 온다고 왔는데 워낙에 내부가 복잡해서 말이죠."

"내부가 복잡해? 그럴 리가 없을 텐데?"

"하하하! 제가 길치라서요."

"……."

개소리다.

초보자 던전이 괜히 초보자 던전인가.

구조가 단순하여 길을 잃을 염려는 없었다.

아론은 칼슨의 말도 안 되는 변명을 넘어가 주기로 했다.

"그럼 수고하도록."

"예, 옛!"

일개 병사도 신경을 써야 한다.

영지의 모든 사람들이 아론만 쳐다보고 있는 상황이었다.

작은 배려도 금방 소문날 것이니 방심(?)해서는 안 된다.

아론은 칼슨의 안내에 따라 던전으로 진입했다.

바깥과 다르게 던전 내부는 굉장히 시원했다.

'가뜩이나 지하에 형성되어 있는데, 음기가 가득하니 기온 자체가 낮은 거야.'

은근하게 깔려 있는 마기가 신경 쓰이긴 했다.

예상대로 악취는 없다.

아론은 그 이유를 알았지만, 공식적으로는 처음 들어오는 것이었으므로 칼슨 경의 설명을 들었다.

"주군, 정말 신기하게도 '던전'으로 정의된 이곳에서는 시신이 증발하는 특성이 있었습니다. 더 신기한 것은 일정 시간이 지나면 몬스터가 생성된다는 점이죠."

"정말인가?"

"예! 악신의 파편이 제대로 박힌 모양입니다. 그래도 파편이 크지 않았던 탓인지 새롭게 생성되는 몬스터의 숫자는 많은 편이 아니었습니다."

"다행스러운 일이다."

이른바 리스폰이었다.

리스폰에 대한 원리는 악신의 파편으로 설명할 수 있다.

시신이 증발하는 것도 '악순환'이라는 이름으로 설명이 가능했다.

깔끔하게 정리된 동굴에서 하나둘 좀비가 땅을 뚫고 일

어났다.

서걱!

하급 좀비 따위는 칼슨 경의 칼질에 머리가 떨어졌다.

놈들은 군집을 이룰 때나 힘을 쓸 뿐, 개체 하나하나를 뜯어보면 그리 강하지 않았다.

머리통이 떨어지면서 썩은 피가 사방으로 쏟아졌다.

일부는 아론의 얼굴에 튀기도 했다.

스스슷.

하지만 곧 시신이 사라지며 좀비의 체액도 함께 없어졌다.

던전에서 일어나는 기현상이었다.

중세인들이 볼 때에는 굉장히 신비롭게 느끼는 광경일 것이다.

몬스터를 죽이자 경험치는 제대로 들어왔다.

[칼슨 네드반의 경험치 1이 올랐습니다!]

다만, 칼슨 정도의 강자는 하급 던전에서 얻을 것이 없었다.

"칼슨 경, 이곳의 환경을 보니 훈련소로 제격이다."

"오오! 그 말씀이 맞습니다! 좀비를 대규모로 처리하고 났더니, 새롭게 생기는 개체가 그리 많지 않거든요."

칼슨은 엄지를 척 올렸다.

한때 신병을 훈련시키며 교관으로 일했던 그였기에 하급 몬스터가 끊임없이 생겨나는 이곳을 훈련소로 개조(?)하면 얼마나 큰 도움이 될지 직감했다.

퀴퀴한 동굴 가장 깊숙한 곳.

던전의 구조는 매우 단순했으며 그리 넓지도 않았다.

밑바닥까지 대략 200미터 정도다.

보스의 방은 들어가기가 꺼려질 정도로 짙은 마기가 풍겼다.

내부는 검은 기류에 가려져 있었다.

그 앞에 바이렌 경과 병사들이 대기 중에 있었다.

"영주님께서 오신다!"

"충!"

군례가 이어지는 가운데, 아론이 보스의 방 앞에 도착했다.

병사들의 얼굴은 마을에서 노동을 하던 때보다 좋아 보였다.

시원한 동굴에서 마음껏 레벨 업을 했으니 기운이 펄펄 넘칠 지경이었다.

하지만 안타깝게도 어느 정도 레벨을 올린 병사는 나가야 했다.

"제군들! 던전을 정리하느라 수고가 많았다."

"아닙니다!"

"보스는 내가 처리한다."

"예!? 차라리 소관을 보내 주십시오!"

바이렌 경이 한쪽 무릎을 꿇고 고개를 숙였다.

그에 질 수 없다는 듯 칼슨도 얼른 무릎을 꿇었다.

"제가 할게요!"

"괜찮다. 아끼는 기사들을 잃을 순 없지."

"주군……!"

바이렌과 칼슨의 눈동자가 떨렸다.

"……."

'립서비스가 과했나.'

누가 뭐라고 해도 던전의 보스는 양보할 수 없다.

이걸 기사들을 위한다는 명목으로 포장하려니 여간 힘든 일이 아니다.

아론은 바이렌과 칼슨의 어깨를 한 번씩 두드려 주고는 보스의 방에 입장했다.

대략 20평 정도의 공간에 녹색의 덩어리가 웅크리고 있었다.

구울(Ghoul).

원래 페르시아와 아랍 신화에 등장하는 괴물이며, 좀비의 일종으로 알려져 있다.

디펜스 워에서는 하급 좀비 계열 중에서 가장 강력한 몬스터로 취급되며, 게임 극초반에는 언데드류 보스로 나오기도 한다.

일반적인 좀비에 비해 강력하며, 손끝은 시독으로 물들어 있어 잘못 맞으면 중독된다.

팔다리나 몸통을 어설프게 자르면 회복하는 것이 특징이었다.

전투력 자체는 오크 로드에 비할 바가 아니었으며, 일반적인 오크보다 좀 더 강한 정도다.

지극히 낮은 확률로 튜토리얼의 보스로 뜨는 경우가 있었는데, 아쉽게 아론에게는 그런 행운이 일어나지 않았다.

"꾸어어어!"

침입자를 발견한 구울이 눈을 뜨며 몸을 일으켰다.

좀비의 형태이지만 검은 안광이 흘렀으며 몸은 꽤 단단했고, 시독 때문인지 초록빛을 띠고 있었다.

키도 좀비치고는 큰 2m에 달해 겉으로 보기에는 상당히 위협적이었다.

'신성의 오라.'

[사방 60m 내에 신성의 오라가 발현됩니다.]

[HP 회복률 +2]

[언데드에 대한 대미지 +2]

보스의 방을 들여다보고 있던 병사들의 눈에 이채가 흘렀다.

아론이 신성 군주라는 강력한 증거가 발현됐기 때문이다.

그리고.

"힐."

언데드에게 치유는 독이었다.

성스러운 빛이 구울을 감싸자 달려들던 놈의 움직임이 느려졌다.

아론은 구울에게 몸을 날렸다.

아이템의 영향인지, 레벨 업의 영향인지 힘이 넘쳐흘렀다.

구울의 모가지는 꽤 질긴 것으로 알려졌다.

꽈직!

매직 아이템으로 구울의 목을 바로 칠 수는 없었지만, 강력한 힘 때문에 목이 꺾이며 벽에 처박혔다.

"꾸어억!"

구울의 목이 90도 정도 돌아가 덜렁거렸고, 팔은 기괴한 각도로 뒤틀렸다.

갈빗대가 부러져 검은 피를 게워 내기까지 했다.

걱정을 하던 기사들의 표정이 단숨에 풀어졌다.

"몬스터가 불쌍해 보이긴 처음이군!"

"하핫! 제가 말했잖아요? 주군께서는 패배하실 분이 아닙니다."

아론이 빠르게 달려가 덜렁거리는 구울의 머리통을 검으로 찍었다.

꽈직!

한 방에 머리통이 박살 났다.

시독이 사방으로 튀기자 방패로 막아 냈다.

'구울이 강하다고 한들 오크 로드에 비할 수는 없지.'

물론 튜토리얼에 나왔다면 꽤 고생했을 정도의 단단함이다.

[최초의 던전 클리어!]
[하급 장비 상자를 습득했습니다.]
[하급 마법서 상자를 습득했습니다.]
[기이한 부적(매직)을 습득했습니다.]

'역시 짭짤하다!'

아론의 기억이 틀리지 않았다.

확정적으로 아이템을 드랍하는 장비 상자와 마법서 상자가 기본 보상으로 주어졌다.

이 정도만 해도 던전을 클리어할 가치는 충분했다.

그래도 구울에게 뭔가 하나 떨어지면 좋겠다는 생각은 했었는데, 제법 쏠쏠한 아이템이 떨어졌다.

기이한 부적
등급: 매직

던전 경험치 5% 증가.
하급 던전에 부착 가능.

부패한 주술사의 유물.

개인이 소지할 수 있는 아이템은 아니다.

던전에 부착하면 경험치 5%를 증가시켜 주는 것이 전부였다.

일반인의 눈으로 보면 아무것도 아닌 것처럼 보일 수 있었지만, 디펜스 워에서는 이런 소소한 아이템조차 꽤 큰 역할을 했다.

경험치 던전은 추가 보너스 50%가 기본적으로 붙어 있었다.

부적을 붙이면 총 55%의 보너스가 들어온다는 뜻이었는데, 지금 당장은 큰 소용이 없을지 몰라도 병력이 늘어나기 시작하면 큰 도움이 된다.

막 훈련소에서 나온 신병을 하급 던전에 밀어 넣으면 꽤 빠르게 쓸 만한 병력으로 변화시킬 수 있는 것이다.

언젠가 아론도 수천, 수만의 병력을 거느리는 날이 올 것이니 이만하면 썩 괜찮은 수확이었다.

던전 입구.

밖으로 나오자 찜통더위가 이어졌다.

좀비 사체에 구더기가 끓고 있어 그 썩은 내가 말도 못했다.

아론은 밖에 널브러져 있는 시신들을 모아 화장시키도록 지시했다.

고인돌 아래 앉아 땀을 식히는 동안 잭슨 경이 부름을 받고 도착했다.

"충! 영주님을 뵙습니다!"

한쪽 무릎을 꿇고 미동조차 하지 않는 충직한 준기사.

잭슨은 얼마 전까지 오십인장으로 복무하다 그 자질을 인정받아 수련 기사가 되었다.

맡은 업무는 신병 훈련.

농업에 대한 식견이 필요할 때에는 조언을 하기도 하였으니, 제법 중요한 포지션에 있다고 할 수 있었다.

"잭슨 경, 신병 훈련은 어찌 되고 있나."

"신병의 연령이 너무 낮아져 애를 먹고 있으나 곧 그에 맞는 시스템을 도입할 예정이옵니다."

안타까운 일이지만 어쩔 수 없다.

영지에 남아 있는 청년은 이미 병사이거나 사망한 상태였기에.

젊은 남자가 남아나질 않아 여성까지 징집해야 하나 고

민한 적도 있었다.

자원입대하면 몰라도 젊은 여성을 병사로 징집해 쓰는 것은 진정 미래를 깎아먹는 행위였다.

인구 생산이 가능한 여성은 가능한 한 보호해야 한다.

여성을 제외하다 보니 신병의 연령은 계속 내려가 '소년병'에 가까운 나이까지 병사로 썼다.

신병의 평균적인 나이가 15세였다.

17세를 성인으로 치는 세상이었으니, 성장이 끝나지 않은 소년까지 끌어 쓰는 처지였다.

아론은 무릎을 꿇고 있는 잭슨 경을 직접 일으켰다.

"지도자는 때때로 힘든 결정을 내려야 한다. 소년병이 측은하다 하여 젊은 여성까지 일괄적으로 징집할 수는 없는 노릇이다."

"마땅한 일이라고 생각합니다. 15세 소년이라 해도 근력은 젊은 여성 병사보다 뛰어난 수준입니다. 하여 충분히 복무를 감당할 수 있다고 봅니다."

"잭슨 경, 던전에 대한 이야기를 들었을 것이다. 하급 좀비들이 계속해서 생기는 곳이다 보니 지속적인 관리가 필요하다. 신병 훈련으로는 제격이라 경이 맡아서 관리하도록."

"신경 써 주셔서 감사합니다!"

잭슨 경의 눈이 빛났다.

아론이 생각한 것을 잭슨이 생각하지 못했을 리 없다.

그 역시 지속적으로 하급 몬스터가 생성된다면 신병에게 좋은 경험이 되리라 여겼다.

던전에 관련된 건은 이것으로 일단락되었다.

급한 일은 없었기에 아론은 칼슨 경과 말 머리를 나란히 하고 도트란 마을로 복귀했다.

"주군, 지금쯤 바란테 요새도 점령됐을 것 같습니다."

"그럴 테지."

"자작이 보낸 서신만 봐도 틀림없이 수작을 벌일 가능성이 높습니다만……. 과연 별일 없을까요?"

"무얼. 지금쯤 난리가 났겠지. 말도르 경 성격에 가만히 있겠나."

제9장
대신 막아 줄 호구

오라클 영지 최전방 요새 바란테.

태양이 붉은빛을 뿌리며 서쪽으로 저물어 갔다.

1년 만에 수복한 요새는 그야말로 엉망진창이었다.

내부의 막사는 반쯤 주저앉았으며, 기반도 남아 있는 것이 거의 없었다.

성벽도 문제였다.

지금은 바란테 요새가 최전방이었지만, 과거에는 그저 파이온 자작령과 마주한 경계선일 뿐이었다.

원래부터 크게 투자하던 요새가 아니었는데, 오랜 시간 마물에 방치되다 보니 폐허를 방불케 했다.

요새 한쪽에서 언데드 시신이 화장되고 있었다.

오크를 상대하며 사선을 넘어온 병사들에게 하급 좀비

따위는 크게 위협이 되지 않았다.

기껏해야 몇 명 정도 가벼운 부상을 입었을 뿐이다.

영지 병력을 150명이나 동원했으니 이 정도 결과는 당연한 일이었다.

저벅. 저벅.

마이어 경은 반파된 성벽 위를 걸었다.

반쯤 무너졌어도 석재 성벽이었다.

남은 시간 동안 복원하면 어떻게든 방어선을 만들 수 있을 것 같았다.

'정말 이곳에 웨이브가 일어나나?'

마이어 경은 고개를 흔들었다.

영주가 그리 말한 것이라면 반드시 일어난다.

하지만 그는 이것이 여신의 계시인지 확신할 수 없었다.

'주군께서는 미래를 보는 것인지도 모른다. 여신의 계시 따위가 아니라.'

피융!

퍼어억!

화살이 날아와 성벽 아래에 박혔다.

그 순간, 마이어의 뒤를 따르던 말도르의 발작 버튼이 눌렸다.

"저 개자식들이!"

성벽까지 접근해 화살을 쏜 파이온 자작령의 척후대가 부리나케 도주했다.

사상자가 발생한 것은 아니었지만, 놈들은 지속적으로 아군의 속을 긁어 왔다.

　성질 급한 말도르 경은 당장이라도 개전해야 한다고 주장했지만, 마이어 경은 극구 말렸다.

　"그만두어라."

　"단장님! 저 자식들은 일부러 도발하고 있습니다! 딱히 병력이 많지도 않은 것 같은데 쓸어버리면 안 됩니까?"

　"주군께서 말씀하시길, 저들은 스스로 무너진다고 했다. 우리는 관대함을 보이고 흡수하면 그뿐이야."

　"명백한 악의로 보이는데 정말 가만히 있습니까?"

　"그래."

　"단장님! 요새의 정리가 끝났으니 제가 주군께 직접 보고를 올리고 오겠습니다. 여기 있다가는 속이 터져 죽겠습니다!"

　"그렇게 하도록."

　말도르는 바로 짐을 쌌다.

　이 순간에도 척후대는 요새 주변을 배회하며 말도르의 속을 박박 긁고 있었다.

　차분한 마이어 경은 무대응으로 일관하는 것이 가능했지만 말도르는 아니었다.

　울화가 치밀어 화병이 될 수 있었기에 그 꼴을 아예 보지 않는 것이 현명했다.

하루 일과가 끝내고 나니 자정이 다 되었다.

아론은 본성으로 복귀해 겨우 여유를 부릴 수 있었다.

이제야 개인적인 시간이 나서 던전 보상으로 받은 보따리를 풀려 할 때였다.

똑똑.

"무슨 일인가."

"주군! 급하게 드릴 말씀이 있습니다!"

"말도르 경?"

아론의 방으로 말도르 경이 찾아왔다.

문을 열자 피비린내와 썩은 내, 쉰내가 확 풍겼다.

한여름, 요새에서 전투를 벌이고 좀비의 피를 뒤집어썼으니 당연한 결과다.

그렇다고 보고를 위해 찾아온 가신을 돌려보낼 수 없는 노릇이었다.

위생에 대한 개념이 없었으니, 이런 꼴로 주군을 찾아올 수 있는 것이다.

아론과 마주한 말도르는 상황을 간략하게 설명하고, 얼굴에 피가 몰린 채 열을 냈다.

"파이온 자작이 전쟁을 준비하는 것이 틀림없습니다! 그게 아니면 설명이 되지 않아요!"

"진정해라."

"명백한 도발이니 대응해야 하지 않습니까?"

"평시라면 그렇지."

인접 영지의 척후가 영토를 침범한 것으로도 모자라 요새에 화살을 날렸다?

왕국법이 멀쩡하게 살아 있을 시절이면 곧바로 군을 몰아 영지전을 일으켜도 상대방은 할 말이 없었다.

문제가 공론화되면 여론도 파이온 자작에게 좋게 흘러가지 않았을 것이다.

하지만 지금은 그런 항의를 할 왕실이 남아 있지 않은 상태다.

무법의 시대가 도래한 것이었으며, 영토에 욕심을 내는 제후가 지천에 널렸다.

이 문제를 감정적으로 대응하면 양쪽이 전부 망하는 지름길이었다.

"말도르 경, 경은 화를 다스리는 법을 배우도록 해라."

"하오나!"

"그런 상황이라면 누구든 화가 난다. 허나 마이어 경은 어떻게 대응하던가?"

"……매우 차분하게 지켜볼 뿐이었습니다."

"경이 화를 낸다고 상황이 바뀌나."

"그렇지 않습니다."

"조급함은 결점을 만들어 낸다. 적은 그 틈을 찌르기 위해 사건을 벌이는 것이야. 아직도 파이온 자작의 수작질이 무엇인지 모르겠나?"

"명분을 만드는 것 아니겠습니까?"

"맞다. 평시였다면 우리도 대응했겠지. 문제는 지금의 상황이 녹록지 않다는 점에 있다. 내가 전에 뭐라고 했는지 기억이 나나."

"보름 안에 웨이브가 온다고 하셨습니다."

"그래, 때가 오면 적은 스스로 무너진다."

그제야 말도르의 화가 가라앉았다.

화를 내는 것만으로는 아무것도 얻을 수 없다는 사실을 받아들인 것이다.

사람이 한순간에 바뀌지는 않겠지만, 지금 만큼은 납득한 것 같았다.

"제 생각이 짧았습니다!"

쿵!

"그렇다고 무릎을 꿇을 일은 아니다. 가서 씻고 쉬어라."

"예, 주군!"

말도르의 행동은 아론의 생각에서 한 치도 벗어나지 않았다.

애초에 그를 바란테 요새로 보낸 이유도 성질머리를 좀 고쳐야겠다는 생각이 들어서였다.

기사의 성격이 불같을 수도 있지만 감정적으로 판단해서는 안 된다.

언젠가 말도르를 지휘관으로 기용하기 위해서는 지금부터라도 조금씩 행동을 잡아 주어야 했다.

"하여간 손이 많이 가는 녀석이야."

말도르가 물러가자 아론은 인벤토리에서 상자 두 개를 꺼냈다.

최초의 던전을 클리어하고 받은 선물이었다.

그는 바로 상자를 풀었다.

[빛바랜 마법사의 지팡이(매직)을 획득했습니다!]
[윈드 커터를 획득했습니다!]

"나쁘지는 않아."

하급 상자에서 레어 아이템이나 굉장한 마법서가 등장할 것이라고는 기대조차 하지 않았다.

되레 매직 아이템이 아닌 일반 아이템이 나오면 어쩌나 걱정마저 했었다.

이만하면 평타는 친 셈이다.

빛바랜 마법사의 지팡이

등급: 매직
물리 대미지: 1

마법 대미지: 10
내구도: 6/10

추가 옵션
지혜+2

어느 이름 없는 마법사의 유산.
-누군가가 나를 기억해 주길-

"딱 매직 아이템에 맞는 옵션이다."

뭐 하나 대단할 것은 없다.

아론은 아이템 상자에서 마법사 전용 아이템이 나왔다는 것에 의의를 두었다.

영지에 마법사라고는 레냐 하나였다.

매 챕터마다 중요 전력이 되어 줄 것이었는데, 지팡이 하나 없다는 것이 마음에 걸렸었다.

마법서도 마찬가지였다.

영지에 보관되어 있는 마법서는 최다 최하급이었다.

기껏해야 1서클 정도였기에 마법서가 없다면 레냐는 발전하지 못한다.

최초의 던전에서 마법서가 확정 드랍되는 것은 최악의 게임 디펜스 워에서 몇 되지 않는 친절함이었다.

아론은 바로 레냐를 호출했다.

자정이었지만 레냐는 잠들지 않고 있었다.

낮에는 행정과 농업을 돌봤다면, 일과가 끝난 후엔 마법을 익혀야 하기 때문이었다.

"오빠, 부르셨어요?"

피곤한 기색은 아니다.

하긴, 아직 레냐는 성장도 다 끝나지 않았다.

벌써부터 피로함을 느낄 나이는 아니었다.

"영지의 중요한 업무를 맡아 보니 어떠냐?"

"레미나 경과 잭슨 경에게 많은 것을 배우고 있어요! 행정학은 정말 재밌는 학문이고 농업은 나름의 가능성이 보여서 좋아요!"

"가능성?"

"농업과 마법을 결합하면 더 많은 소출을 거둘 수 있을 것 같거든요!"

레냐는 다소 흥분한 채로 자랑했다.

그 말을 듣는 아론도 내심 놀랐다.

'시키지도 않았는데 그런 생각을 하다니. 혹시 혈육의 애착 관계가 도움이 되나?'

그건 알 수 없다.

게임이 아닌 현실이었으니 무엇이 레냐에게 영향을 미쳤는지 확신할 수 없는 것이다.

어쨌든 좋은 징조다.

"열심히 했구나."

아론은 레냐의 머리를 쓰다듬었다.

원래 15세 여성이면 거의 다 성장했어야 하지만, 레냐는 10살 정도로 보일 만큼 성장이 느려 아이 취급을 하는데 전혀 어색함이 없었다.

그걸 레냐도 좋아하는 것 같기도 했고.

"헤헤."

"받아라. 열심히 한 것에 대한 선물이다."

"이, 이건!?"

레냐는 정신없이 지팡이와 마법서를 살폈다.

행정학과 농업에도 관심을 보이지만 레냐는 마법사였다.

평소 마법에 관심이 많아 독학으로 습득할 정도였으니, 그녀에게 이런 선물은 무엇과 바꿀 수 없는 가치일 것이다.

"정말 감사해요!"

레냐가 아론에게 달려들어 안겼다.

나쁘지 않다. 레냐가 아론과 애착 관계를 형성할수록 영지에 도움이 되니까.

꼭 이용 가치가 아니더라도 이런 여동생 하나 있는 것도 나쁘지 않겠다는 생각이 들었다.

아론이 레냐의 머리를 쓰다듬으면서 말했다.

"항상 명심하거라. 우리 남매가 영지를 이끌어 나가야

한다는 것을."

"최후까지 살아남도록 노력할게요."

"그래."

영특한 녀석이다.

아론은 앞으로도 레냐를 잘 성장시켜야겠다고 생각했다.

파이온 영지 가르텡 요새.

오라클 영지에 수작을 부려 그들의 신성 보호막을 강탈해야겠다는 계획 아래, 여러 작전이 펼쳐졌다.

하루 종일 오라클 군의 속을 긁는 것은 물론, 성벽에 화살까지 박았으나 결과가 영 신통치 않았다.

갑갑함을 느낀 파이온 자작이 직접 요새를 찾았을 정도다.

"꿈쩍도 않는다고?"

"척후 자체를 보내지 않고 있습니다."

"화살을 쐈을 것 아닌가!"

"그럼에도 무대응을……."

쾅!

"그게 말이 되나!"

기가 막힌다는 파이온 자작의 반응에 이번 작전을 지휘한 젠트라 경은 면목 없다는 듯 고개를 숙였다.

"주군, 병사들이 의문을 품고 있습니다. 도대체 왜 가만히 있는 오라클 영지를 공격해야 하는지를 말입니다."

"허어, 상대 지휘관이 고단수로군."

얼마 전까지만 해도 파이온 자작에게는 확신이 있었다.

피아 식별조차 되지 않는 야만의 시대에 타 영주의 속을
긁으면 반드시 감정적으로 대응하리라는 사실을 말이다.

허나 놈들은 움직이지 않았다.

척후병 자체를 없애 버렸으며, 요새에 화살을 박아도 꿈
쩍하지 않았다.

대응 사격이라도 했으면 좋았겠지만 그런 것도 없었다.

이 때문에 아군 내부에 의심이 싹텄다.

아무리 명령을 받은 척후들이라고 해도 다 같은 사람이
었다.

별다른 갈등이 없는 오라클 영지군을 공격한다는 것이
찔렸고, 그들이 무대응으로 일관하자 공격하기가 민망해졌
다고 한다.

톡. 톡. 톡.

한참 손가락으로 테이블을 두드리던 파이온 자작이 입을
열었다.

"다른 방법을 쓴다."

"다른 방법이라 하시면……?"

"바란테 요새는 50년 전까지만 해도 우리 땅이었다."

"예!?"

"그 땅에 대한 소유권을 주장한다."

"하오나 이미 두 세대나 지난 일입니다. 오라클 남작이 그걸 들어 줄까요?"

"당연히 들어 주지 않겠지. 옛 땅의 소유권을 주장하는 것만큼 갈등을 조장할 수 있는 행위가 없다. 경이 영주라면 그 말을 들었을 때 어떻겠나?"

"전쟁이라도 불사할 것입니다."

"맞다. 전쟁의 발단이 되는 것이지."

"과연……."

극약 처방이 따로 없었다.

그럼에도 젠트라는 영주의 말에 공감했다.

화살을 쏴도 무대응이니 억지 주장이라도 펼쳐 신경을 긁는 것이 최선이었다.

하지만 그들은 미래를 알지 못했다.

얼마 지나지 않아 바란테 요새에 웨이브가 몰려온다는 사실을.

괜히 소유권을 주장했다가 덤터기를 써 멸망할 수 있음을 알지 못했다.

제7일 아침.

디펜스 워의 요일은 제1일부터 7일까지 구성되어 있다.

어디서 설정을 따 온 것인지는 대충 짐작이 된다.

종교의 구절을 대놓고 표절하기에는 찔렸던 탓인지 여신은 태초에 1~3일까지 창조를, 4~6일까지 악신과 전투를 벌인 후 7일째에 안식했다는 설정이다.

사람들은 이날을 안식일로 정해 반나절을 쉬었다.

덕분에 아론도 늦게까지 자고 일어나 차를 마실 수 있었다.

똑똑.

한껏 여유를 부리고 있는 아론에게 레미나 경이 찾아왔다.

파피루스가 한가득 들려 있는 것을 보니, 보고를 위해 들른 모양이었다.

"주군을 뵙습니다!"

군례를 취하는 레미나 경.

그녀에게 흐르는 묘한 기류를 아론이 느끼지 못할 리 없었다.

레미나 프레일은 진 히로인 '예비자' 인 만큼 주인공에게 특별한 감정을 가지고 있었다.

설정이 그러니 어쩔 수 없는 노릇이었다.

이는 게임의 스토리를 풍성하게 만들어 주는 장치였지만, 사악한 개발자는 이를 함정으로 만들었다.

그 감정을 현실에 이식해 놓으니 꽤 곤욕스럽다.

아론은 레미나 경을 많은 가신 중 하나로 보기 위해 노력했다.

"식사는 했나."

"아직 식전입니다만, 할 일이 많아······."

"함께 들지."

"영광입니다."

어제부터 구름이 끼기 시작해 하늘은 잔뜩 인상을 찌푸렸다.

더위가 한풀 꺾인 느낌이다.

곧 장마가 시작될 것이었으므로 파종이 머지않았다.

레미나 경은 딱딱한 빵이 부드러워지도록 스프를 적신 후에 보고했다.

"현재 행정망을 복원 중에 있습니다만, 재화가 없어 애를 먹고 있습니다. 가신들은 충성심으로 무임금 노동을 하지만, 하급 관료를 뽑는다면 그럴 수 없을 것 같습니다."

"수확까지 버텨야 한다. 그래야만 행정망을 복원할 수 있다. 곧 파종이지 않나?"

"농지를 개간 중에 있어요. 아직은 문제가 없어 보이지만 마물에 대한 위협이 사라지면 다들 의문을 품을 수 있죠. 왜 무임금 노동을 하고 있는가, 하는."

"딱히 위협이 사라질 것 같지만 않다만, 재화를 획득하는 것은 중요한 작업이지."

진정 골치가 아닐 수 없다.

내정을 위한 시간을 벌었지만 언제까지 무임금 노동을 강요할 수 없는 것이다.

그렇다고 쥐꼬리만 한 식량을 대가로 주면 그 역시 문제가 된다.

경제가 돌아가려면 노동력에 대한 보상을 차등 지급해야 한다.

이게 제대로 되지 않으니 레미나 경의 고충도 충분히 이해가 됐다.

"조금만 참아라. 수확이 끝나면 한꺼번에 체제를 복원하도록 하겠다."

"믿겠습니다."

"……그래."

보고가 끝난 후에는 말없이 식사를 했다.

어색한 기류가 흘렀지만 그뿐이었다.

군주라는 직종도 그렇고 기사 역시 말을 많이 하는 것이 권장되지 않았다.

벌컥!

식사가 거의 끝날 즈음.

칼슨 경이 호들갑을 떨며 들어왔다.

"주구우우운!"

"경은 아침부터 힘이 넘치는군."

"파이온 자작에게서 경고장이 또 날아왔는데, 내용이 아주 가관입니다!"

"어떤 경고장인가?"

"일단 보시죠!"

칼슨 경은 흥분이 가라앉지 않는지 씩씩거렸다.

아론은 대충 무슨 일인지 짐작했다.

아니나 다를까.

[오라클 남작은 보게.

최근 일어나고 있는 불미스러운 사건 때문에 양측이 첨예하게 대립하고 있다는 보고를 들었네.

경은 그 이유에 대해 생각해 본 적이 있나?

자네가 '불법'으로 점거한 바란테 요새는 본래 파이온 가문의 땅이었네.

50년 전, 자네의 조부께서 강제로 영토를 확장하고 요새를 세웠지.

본관은 그러한 불법 행위를 눈감아 줄 생각이 전혀 없다네.

마지막 경고네.

강제 점거한 파이온 가문의 땅을 내놓지 않는다면 영지전으로 비화될 것이야.]

"머리를 쓴다는 것이 고작 이 수준인가."

"주군! 이건 그냥 넘길 문제가 아닙니다! 감히 두 세대

전에 왕실의 제가를 받아 획득한 영토에 딴지를 걸다니
요!"

"진정해라."

"하오나!"

칼슨 경이 이토록 난리를 치는 것도 이해가 된다.

왕국은 무너졌지만 관습은 바로 사라지는 것이 아니다.

기사는 영지와 주군을 위해 봉사하는 존재이니 만큼, 가
문의 땅을 강탈당한다면 상대방의 목을 꺾고 싶어 하는 것
은 당연했다.

서신을 읽은 레미나 경도 피가 머리끝까지 치민 듯했다.

"이 쓰레기 같은 놈이 감히!"

"다들 머리를 식히고 앉아라."

"……죄송합니다."

하지만 이 상황이 누구보다 기막힌 것은 바로 아론이었
다.

군주에게 영토란 상당한 의미가 있었다.

땅보다는 인구가 국력의 척도가 되는 세상이었지만, 영
토를 무시할 수 있는 것은 아니다.

아론이 차분하게 입을 다물고 있으니 칼슨 경과 레미나
경은 아차 싶었던 것이다.

분노가 가라앉을 즈음, 아론이 입을 열었다.

"경들은 내가 했던 말을 잊은 듯하다."

"예? 주군께서 하신 말씀이라면……."

"곧 바란테 요새로 침공이 들어온다는 사실을 말이다."

"……!"

칼슨 경과 레미나 경이 서로의 얼굴을 바라봤다.

'오크 군단이 몰려왔던 것처럼 바란테 요새로 적이 진군하는 것이라면……!?'

'손 안 대고 코를 풀 수 있다는 뜻이잖아?'

파이온 자작이 50년 전에 빼앗긴 땅을 수복하겠다는 서신에 흥분했지만, 조금만 관점을 달리하면 이건 기회였다.

"파이온 자작의 병력은 300명 정도다. 이번에 오크보다 강력한 집단이 쳐들어오면 혼자 힘으로 막을 수 있겠나."

"결코 막을 수 없을 겁니다."

"파이온 자작은 무너지겠군요."

"그럼에도 자작은 그 땅을 지키겠다는 명목으로 대부분의 군대를 밀어 넣을 것이 자명하다. 그러다 웨이브가 오면 무너지게 돼 있지. 잘 하면 파이온 자작이 그 자리에서 전사할 수도 있겠지."

가정이 아닌 확신이었다.

가뜩이나 아론은 고민이 많았다.

아무리 발버둥 쳐도 병력은 적고 묘안이 떠오르지 않고 있는 상태였다.

이런 와중에 파이온 자작이 바란테 요새를 점거해 준다면?

"웨이브가 일어나면 우리는 근처에서 대기하고 있다가 바란테 요새가 완전히 무너지거나 파이온 자작이 죽으면 진입한다."

"오오! 주군께서는 다 계획이 있으셨군요!"

"과한 욕심을 낸 돼지에 어울리는 최후겠어요."

"솔직히 파이온 자작에게 감사의 편지를 쓰고 싶은 심정이다. 이번에 파이온 자작이 무너지면 그대로 진군해 영지 전체를 집어삼킬 수 있을 테니."

본령 광장이 내려다보이는 천막.

정오가 되어 가자 아론은 미사 준비를 위해 치장(?)을 당해야만 했다.

치장을 위해 영지 유일의 신관인 세이라가 움직이는 중이다.

"내가 꼭 예식을 주관해야 하나."

"영주님은 신성 군주시자 베일리의 사도이니까요."

"......."

이 더위에 치렁치렁한 대주교의 예복을 입는 것 자체가 곤욕이었다.

그럼에도 아론에게는 거부권이 없었다.

영지의 문명을 신앙으로 잡은 것은 그의 선택이었다.

"다들 기대하고 있어요! 저도 마찬가지고요."

세이라는 뭐가 그리도 좋은지 싱글벙글했다.

이는 아론이 신의 사도를 참칭했을 때부터 정해진 운명이었다.

베일리의 유일한 사도가 미사를 거부한다?

곧바로 신앙에 금이 가고 소요 사태가 일어나도 이상하지 않은 일이다.

게임에서야 클릭 한 번으로 설교를 넘길 수 있었지만, 현실에서는 불가능했다.

결국 무엇이 됐든 아론이 나서야 한다는 뜻이다.

'설교에 대해 딱히 생각해 본 적은 없는데.'

무신론자에게 설교를 하라니, 아론은 깊은 한숨을 내쉬었다.

"내게는 말하는 재주가 없다만."

"여신께서 평소 계시하였으니, 그것만 읊어 주셔도 감명받을 거예요!"

"그, 그래."

치장이 끝나자 지루한 예식이 거행되었다.

미사는 한 시간.

기도문을 읊고 찬가를 외쳤다.

백성들은 죄다 광장으로 몰려와 더운 줄을 모르고 열정적으로 참여했다.

전부 아론이 영지를 신앙으로 운영한 것에 대한 결과였다.

마지막에는 설교를 한 후 축도하는 것으로 마무리하는 것이었지만 이게 문제였다.

"다음으로는 여신의 사도께서 설교하시겠습니다."

"……."

엄숙한 분위기였다.

백성들의 표정을 보니 단순하게 넘길 일이 아니었다.

가신들마저 기대했으며 죄다 광신도 같은 얼굴을 했다.

결국 아론은 단상에 설 수밖에 없었다.

예식이 진행되는 30분 동안 대체 무슨 말을 해야 할지 고심했다.

그리고 내린 결론은,

'좀 더 백성들을 빡세게 굴릴 수 있도록.'

기왕 하는 설교라면 영지 운영에 도움이 되는 쪽으로 한다.

결심을 굳힌 아론이 입을 열었다.

"오늘은 천국의 보상에 대해 이야기하겠다."

웅성웅성.

고개를 끄덕이는 백성들.

이미 아론은 존재하는지, 아닌지도 모르는 천국에 대해 언급한 바가 있었다.

유족들이 조금이라도 덜 슬프라고 한 말이었지만, 지금에 와서는 정설로 굳어졌다.

사후 세계 보상에 대한 이야기였으니, 대충 주워들은 이야기를 꾸며 내도 될 터였다.

"예정된 고난과 역경 속에서 우리는 무엇을 해야 하는가? 또한 천국의 보상은 어떤 기준으로 책정되는가? 다들 궁금할 것이다."

아론에게 사람들이 바짝 모여들었다.

단상 아래에서 광신적으로 빛나는 눈동자를 보니 대충 넘기기는 힘들 것 같았다.

"우리 모두는 그 쓰임에 맞게 태어났다. 내가 군주로서 영지를 다스린다고 죽어서 많은 상급을 받는 것은 아니다. 군주로 태어났기에 그 자리에서 최선을 다할 뿐이지. 여신께서는 그 마음과 성의가 어느 정도인지를 가늠하신다. 군주가 하나의 일을 하면 그 파급 효과는 너희가 열 개의 일을 하는 것보다 클 것이나 그 마음과 노력이 같을 수는 없는 법이다. 자신이 할 수 있는 일을 찾아 '행하는 마음'에 따라 성급을 받을 것이니 다들 명심하도록 하라."

"······!"

백성들의 눈이 더욱 빛났다.

아론이 하고 싶은 말은, 지휘 고하에 상관없이 노력한 만큼 성급을 받는다는 것이었다.

그에 대한 예시도 들려 주었다.

부자의 1골드가 서민의 1골드와 같을 수 없다는 것.

지구에서도 쉽게 주워들을 수 있는 이야기였다.

노력도 마찬가지였다.

"여신께서는 살아남기를 원하신다. 악신에게 대항하기 위한 모든 노력은 성급으로 내려지는 바 그 마음만큼, 그리고 자신이 할 수 있는 선에서 최선을 다하도록 하라."

엄숙한 시간이 아니었다면 환호성이 울려 퍼지고 난리가 났을 것이다.

미사를 드리는 도중이었기에 다들 참고 있었다.

아론은 설교를 끝내고 축도했다.

"여신 베일리여, 당신의 백성들이 그 마음을 보이기 위해 이 자리에 섰습니다. 백성들이 노력할 수 있는 힘을 주시고, 그로 인해 당신의 뜻을 펼칠 수 있는 자들이 되게 하소서."

미사가 끝났다.

백성들은 그 자리에서 바로 흩어졌다.

"일하러 가자!"

"천국의 성급을 받자!"

다들 서둘러 일터로 향했다.

소용돌이치는 열망.

미사 후 몸을 사리지 않는 광경이 곳곳에서 포착되었다.

가뜩이나 더운데 아론의 등줄기로 식은땀이 겹쳐 흘렀다.

'하……. 어쩐지 사이비 교주가 된 느낌이군.'

피로가 몰려왔다.

팔자에도 없는 설교를 하려니 정신력이 심히 낭비된 기분이었다.

그럼에도 쉴 수 없다.

오늘부터 파종 준비를 해야 하기 때문이다.

여신을 팔아 영지를 지탱하고 있었지만 언제까지 통할지는 모른다.

생존만 해서는 제대로 된 인간의 삶이라 볼 수 없었으므로 반드시 경제를 복구해야 한다.

물론, 그 전에 처리해야 할 일이 있었다.

"찾으셨습니까, 주군!"

"왔나."

한쪽 무릎을 꿇고 말도르 카브란이 고개를 숙였다.

눈가에 신성력이 좀 더 짙어진 것을 보니 머지않아 성기사로 각성할 모양이었다.

'이토록 성질 더러운 인간이 성기사라니. 성격과 믿음은 관계가 없나?'

알 수 없는 일이다.

아론은 신에 대한 믿음을 가져 본 적이 없기에 종교에 대해 고찰해 본 적도 없었다.

말도르 경에 대한 건은 일종의 시스템으로 보는 수밖에 없었다.

"오라클 영지와 파이온 영지에 얽힌 문제는 인지했으리라 본다."

"물론입니다! 어차피 다 무너진 바란테 요새를 자작에게 인도하면 얻게 될 장점을 말입니다. 요새를 내주는 순간 파이온 가문의 영지민들이 몰려와 복원할 것이니 첫 번째 장점이며, 그곳으로 웨이브가 일어나니 대신 막아 줄 호구가 되어 주는 것이 두 번째 장점입니다."

"……."

아론의 눈이 이채를 띠었다.

그 역시 첫 번째 장점에 대해서는 생각해 본 적이 없었다.

무릎을 탁 치게 되는 통찰력이다.

파이온 자작은 무너진 요새를 어떻게든 복원하려 할 것이다.

오라클 영지에 노동력이 현저히 감소해 직접 바란테 요새를 복원하려면 시간이 오래 걸릴 테지만, 기초 공사라도 그쪽에서 해 준다면 많은 도움이 된다.

'말도르는 역시 유능하다. 성질만 조금 죽이면 좋으련만.'

아론이 생각에 잠겨 있자 말도르가 고개를 갸웃거렸다.

"혹시 제가 잘못 이해한 것은 아닌지……."

"아니다. 완벽하게 이해했다. 가서 파이온 자작에게 이 서신을 전하고 마이어 경에게 일러 병력을 철수하도록 해라."

"바로 출발하겠습니다!"

말도르 경은 매우 의욕적으로 움직였다.

성격과는 별개로 그는 성기사가 될 조짐을 보이고 있었다.

아론의 설교(?)에 감명을 받았다면 천국의 성급을 받기 위해서라도 빠릿빠릿하게 움직이는 것이 당연했다.

두두두두!

신의 사도로부터 특명을 받은 말도르 카브란은 엄청난 속도로 영지를 주파했다.

그의 눈에서 은은하게 성력이 번져 육체의 피로감을 씻어 주었다.

성력에 영향을 받은 전투 마도 마찬가지였다.

정상적으로 달리면 반나절 정도 걸리는 요새를 단 몇 시간 만에 주파했다.

저 멀리서 다 무너져 가는 성벽이 눈에 들어왔다.

'오늘 주군의 연설은 정말 감명 깊었다.'

신의 말씀에 의지해 적을 물리치고 있는 아론 오라클.

말도르는 평소 신심이 깊지 않았지만, 최근 일어나고 있는 일들을 종합하면 여신의 기적 그 자체였다.

그러자 자연스럽게 신심이 깊어졌다.

여신께서는 오라클 남작을 통해 기적을 펼치심이 확실했다.

신심을 통해 약간의 분노 조절(?)이 가능하게 된 말도르는 사고의 폭이 점차 넓어졌다.

그는 반파된 성문을 통과해 최전방에 나가 있던 마이어 경을 찾았다.

"단장님!"

"자네는 또 어쩐 일인가? 간 김에 쉬다 오지."

"하하하! 여신께서 인도하시는 길에 어찌 게으름을 피우며 쉬겠습니까?"

"……자네 뭐 잘못 먹었나?"

"그럴 리가요! 주군의 설교에 감명을 받았을 뿐입니다."

"주군의 설교?"

마이어의 눈이 깊게 가라앉았다.

그는 아론 오라클이 어째서 신앙을 강조하는지 파악하고 있는 몇 안 되는 사람이었다.

종교를 정치에 이용하는 사람이 설교라니.

'정말 대단하신 분이다. 생존을 위해 설교까지 하시다니!'

얼마나 대단한 설교였던지 개망나니 말도르 경에게 영향을 미칠 지경이었다.

마이어 경은 놀람을 삼키며 말도르가 온 이유를 들었다.

"좋은 작전이다."

"당연하죠! 여신의 사도께서 낸 작전인데."

"자작은 욕심의 대가를 치를 것이야."

"바로 다녀오겠습니다!"

"잠깐! 이번에는 내가 간다."

"예!? 이건 제가 맡은 임무……."

"경이 가면 뒤집어엎을 것 같아서 그런다."

"설마요! 저를 뭐로 보고?"

"자작이 주군을 자신의 아래로 보면 참을 수 있나. 욕은
안 해도 태도가 거슬릴 거야."

"미쳤습니까!? 그렇게 나오면 칼춤을 추어야죠!"

"그래서 안 된다는 거야!"

마이어는 말도르의 편지를 낚아챘다.

정말 큰일 날 뻔했다.

'역시 저 녀석은 아직 멀었어.'

파이온 영지 가르텡 요새.

파이온 자작은 여전히 요새에서 전체적인 상황을 지휘하
고 있었다.

가장 신경 쓰는 부분은 태세 점검이었다.

언제 영지전이 터질지 알 수 없었으므로 성벽을 보강하
고 병력을 증원해 채웠다.

그는 성벽 위에 올라 다 무너져 가는 바란테 요새를 바라 봤다.

1년 이상 방치된 요새는 폐허나 다름없었다.

영지전이 터지는 순간, 진군한다면 어렵지 않게 요새를 점령할 수 있을 것이다.

점령 후에는 망가진 바란테를 복원하고 오라클 영지 본성으로 진격한다.

'대영지의 탄생이 머지않았다.'

파이온 자작이 야심을 무럭무럭 키워 가고 있을 무렵.

두두두두!

백기를 든 전령이 달려왔다.

꽤 중요한 서신을 가져왔는지 기사급으로 보였다.

젠트라 경은 전령이 당도하자마자 성벽 위로 데려왔다.

"주군! 오라클 남작이 전령을 보냈습니다!"

"자작님을 뵙습니다. 오라클 영지의 기사단장 마이어 제렌스입니다."

"허, 마이어 경이 직접 왔나."

"매우 중요한 서신이기 때문입니다."

"그럴 테지."

파이온 자작은 굳이 오라클 남작을 깎아내리지 않았다.

욕심이 이성을 지배한다고 해도 귀족으로서 품위를 잃는 짓은 하지 않는다.

촤악!

그는 서신을 펼쳤다.

"미친⋯⋯!"

물론, 귀족의 품위도 상대가 상식적인 선에서 행동해야 지켜지는 것이다.

"나, 남작이 벌써 노망이 났나?"

"선대 영주께서는 이미 돌아가셨습니다만."

"허어, 남작이 보냈다고는 믿을 수가 없는 내용이군."

서신의 내용은 이러했다.

[친애하는 파이온 자작님께.

자작님께서 제기하신 의문에 답변합니다.

바란테 요새가 50년 전, 귀 영지의 땅이었다는 것은 문헌에도 잘 나와 있으며 그 사실을 기억하는 사람도 아직 살아 있습니다.

왕가에서 제가를 받아 점령한 땅이었으나, 그 왕가가 무너졌으니 법적인 효력을 상실했다고 할 수 있겠습니다.

마땅히 돌려 드려야 할 땅인 줄 압니다.

다만, 저도 한 가지 부탁을 드리려 합니다.

최근 영지에 기근이 들어 아사자가 속출하고 있으니 자작님께서 넓은 아량으로 식량을 빌려 주시면 감사하겠습니다.

수확 후 반드시 갚을 것이니 부탁드립니다.]

아까까지만 해도 좀 시원하더니 습도가 높고 더워져 숨이 막힐 지경이었다.

"이 말이 사실인가?"

"물론입니다. 50년 전 귀 영지의 소유였으니 반환하는 것이 맞습니다. 그 대가라고 할 수는 없지만 식량을 조금 지원해 주신다면 바로 병력을 철수시키겠습니다."

"허허."

파이온 자작은 화를 내기 민망한 상황이었다.

식량을 달라는 것도 아니고 빌려 달란다.

자작은 젠트라 경을 바라봤다.

"저희도 식량이 부족하긴 합니다."

"아사할 정도는 아니지 않나."

"그렇기는 하죠."

"밀 3톤을 지원해라."

"바로 준비하겠습니다."

빌려 달라는 밀은 땅을 내어 주는 대가라 볼 수 있었다.

이마저 거절하면 졸지에 파렴치한이 된다.

3톤의 밀도 영토가 가진 가치에 비하면 생색이나 내는 수준이었지만, 요즘 같은 시기에는 피 같은 식량인 것이 맞다.

'이걸로 끝이 아니다. 식량은 되찾으면 그뿐이니.'

마이어 경이 식량을 지원받고 돌아가자 파이온은 입가에 짙은 미소를 지었다.

오라클 영지 본령 밖.

본령에서 도트린 마을까지는 드넓은 농지가 펼쳐져 있었다.

이 외에도 영지 내에 농지는 많은 편이었지만, 오랫동안 관리가 되지 않아 망가졌다.

그나마 본령 가까운 농지는 강과 가까워 물을 끌어오기가 쉬웠다.

아론이 농지를 복원하려 한다면 그 첫 번째는 본령 근처가 되는 것은 당연했다.

문제는 인력이 워낙 부족해 농지를 개간하는 것이 쉽지 않다는 점이었다.

밭을 갈아야 하는 소는 진즉에 다 잡아먹었고, 오직 인력만으로 쟁기질을 해야 하는데 힘 좋은 청년들은 죄다 군에 복무하거나 죽었다.

실로 총체적인 난국이었다.

아론은 잭슨과 함께 농지를 걸으며 문제점을 하나씩 짚어 나갔다.

"여성 인력과 노인, 아이들까지 동원되고 있는 것이 현실입니다. 그나마 요령 있는 노인들이 돕고 있다지만, 제대로 농사를 지으려면 청년이 필요합니다."

쟁기를 여자 몇 명이 낑낑거리며 끌었다.

그걸 아이들이 뒤에서 보조하고 있었으니, 지구에서 이

모습을 봤다면 대대적으로 보도되고 난리도 아니었을 것이다.

"방법이 없겠나."

"외람되오나 전투 마를 교대로 돌리는 것이 어떨까 합니다."

"영지에 전투 마가 몇 마리지?"

"70마리쯤 되는 것으로 압니다."

찢어지게 가난한 오라클 영지의 가장 큰 자산이었다.

중갑 기병 50기가 아니었다면 지금껏 버티지도 못했다.

예전에는 100명 정도의 기병에 여분의 말 100마리가 더 있었지만, 오랜 시간 전투를 거치며 점점 숫자가 줄었다.

그럼에도 아론은 살아남기 위해 결단을 내렸다.

"중갑 기병으로 개량한 말이니 힘은 좋을 것이다."

"그건 맞습니다."

"기병은 평소 20기만 운영하고 모조리 농사에 투입하도록."

"예."

불안하지만 어쩔 수 없다.

당장 농사를 짓지 않으면 미래가 사라질 것이다.

아론이 명령하자 기병이 농사에 투입되었다.

거대한 전투 마를 다루는 것은 당연히 기병일 수밖에 없다.

중갑 기병에게 농사를 짓게 하는 것이 말도 되지 않았지만, 다들 공감은 하고 있었다.

파종을 하여 내년에 수확하지 않으면 영지에 미래가 없다는 것을.

저벅. 저벅.

아론은 잡초가 무성하게 자란 농로를 걸었다.

백성들은 농로에 난 잡초를 손으로 뽑고 있었다.

농기구란 농기구는 죄다 대장간에서 녹여 병장기로 만들어 쓰는 바람에 모든 것이 태부족이었다.

지금의 상황은 게임으로 할 때에도 욕이 나올 정도였는데, 실제로 보니 답이 없을 지경이다.

빼빼 말라 가고 있는 영지민들이 신심 하나에 의지해 막노동을 하고 있으니, 괜히 마음이 조급해졌다.

"파종이 끝나면 언제 수확할 수 있나?"

"밀은 장마 후에 심어 봄에 수확합니다. 대략 4월경이지요."

'한반도에 비해 한 달 정도 수확이 빠르군. 이곳이 북부라서 그럴 거야.'

농사는 닦달한다고 되는 것이 아니었기에 아론은 더 이상의 말을 삼갔다.

마지막에는 저수지를 둘러봤다.

오랜 시간 관리되지 않은 저수지는 반쯤 무너져 그 기능을 상실했다.

보수하지 않으면 한 해 농사를 망칠 것이다.

저수지 공사도 여성 인력과 소년, 아이들이 대부분을 차지했다.

노인들은 나와서 지혜와 경험을 전수했다.

'최악의 상황이지만 공사가 생각보다는 빠르다.'

설교의 효과였다.

광신도로 변한 백성들은 천국의 성급을 받기 위해 영혼까지 갈아 넣었다.

이 효과가 언제까지 갈지는 몰라도 최소한 수확까지는 버텨야 한다.

"와아아아!"

아론이 이런저런 문제로 골치를 앓고 있을 때, 멀리서 환호성이 들려왔다.

오라클 영지군이 식량을 잔뜩 싣고 귀환하고 있었다.

마이어 경과 말도르 경이 아론에게 달려왔다.

"주군! 자작을 설득해 식량을 뜯어 오는데 성공했습니다!"

"고생했다. 이만하면 놈에게서 얻을 수 있는 것은 다 얻었다."

영지의 내정을 생각하면 없던 두통이 생길 지경이지만, 멍청한 파이온 자작 덕분에 웃을 수 있었다.

"그 인간은 욕심 때문에 망하는 거야."

제10장
기사가 공사를 잘함

제3일 새벽.

아론은 영주성 천장이 뚫릴 것 같은 소리에 잠에서 깨어났다.

투과과과과!

"장난이 아니군."

하늘에 구멍이라도 뚫린 듯 어마어마한 비가 쏟아지고 있었다.

한국의 장마철은 명함도 내밀지 못할 지경이었다.

디펜스 워는 단순히 적을 막는다고 끝나는 게임이 아니다.

영지 운영을 잘못하면 내부 반란이 일어날 수도 있고, 몬스터 이외에 산적, 도적, 살아남은 제후까지 침공한다.

그 밖에도 여러 문제가 있었지만, 가장 어처구니없이
[DIE]를 보는 경우라면 이런 자연재해였다.

침대로 물이 떨어지지는 않았지만, 벽면을 타고 일부가
흘렀다.

휘이잉!

잠든 사이 바람까지 불어 창문이 열렸다.

바닥은 비로 흥건했다.

걸을 때마다 젖은 카펫이 철퍽거렸다.

[50:22:12]

"좋지 않아."

침공이 머지않은 와중이었다.

몬스터를 막는 것도 벅찬데 이런 폭우라니.

2챕터에 폭우는 예정된 일이긴 했다.

정보가 있었기에 각오는 하고 있었지만, 실제로 보니 정
말 심각했다.

아론은 우비를 입고 테라스로 나왔다.

도시의 전체적인 상황을 살펴보기 위함이었다.

쏴아아아아……!

들이치는 비 때문에 눈을 뜨기도 힘들었다.

집중 호우의 사이즈를 보니 시간당 수백 밀리를 쏟아붓

고 있었다.

도시가 잘 정비된 현대에도 이만큼 집중 호우가 내리면 홍수가 난다.

밤새도록 비가 내렸다면 재난급으로 변모하는 것이다.

잠실이나 강남 지역이 물에 잠겼다는 뉴스가 종종 보도된 적이 있었을 만큼 발달된 문명도 폭우에는 장사가 없었다.

한데 중세에 이만한 비가 쏟아지고 있었으니 심각한 재난이 예상됐다.

아론이 어디부터 손을 대야 할지 망연자실하고 있을 때, 레미나 경이 곁으로 다가왔다.

"주군! 대답이 없으셔서 실례를 무릅쓰고 들어왔습니다!"

"괜찮다. 지금은 그게 중요한 게 아니지."

집중 호우에 놀란 것은 레미나 경도 마찬가지였다.

홍수도 행정의 문제였으니, 그녀의 표정은 걱정으로 잔뜩 일그러져 있었다.

온몸을 타고 흘러내리는 물줄기.

우비를 입는다고 해도 도저히 감당할 수준이 아니었다.

가만히 서 있기도 힘들었지만, 레미나와 아론은 평소 검을 수련해 왔기에 버틸 뿐이었다.

"어제까지 홍수에 대비한다고 하였으나 올해는 인력이

급감해 곳곳에서 문제가 터지고 있습니다!"

"본령에 물이 차오르고 있나?"

"저길 보시죠!"

도시는 진창이었다.

발목 위쪽으로 물이 찬 것을 보면 홍수가 날 조짐이라는 뜻이다.

시간이 흐를수록 거리가 물에 잠길 것은 뻔했다.

대처를 못하면 홍수로 사망자가 속출할 것이니, 최악의 상황이 아닐 수 없었다.

"비상 상황이다. 전 병력을 동원해 홍수를 막는다!"

"예!"

아론은 몬스터가 아닌 자연재해와 맞서기 위해 움직였다.

오늘 일정은 모두 취소되었다.

어제부터 내리기 시작한 비가 밤사이 폭우로 변했고, 이미 어마어마한 물 폭탄이 떨어진 상황이었다.

물이 빠질 시간이 있어야 하는데 그러질 못하고 있으니, 갈수록 도시에 물이 차고 있었다.

아직 무릎을 넘어온 것은 아니지만 대응에 실패하는 즉시 대참사가 일어날 것이 뻔했다.

영지의 모든 병력과 백성들이 모였다.

쏴아아아아!

빗소리에 묻혀 목소리가 전달되지 않았다.

아론은 각 가신들에게 병사와 백성을 이끌고 물막이 공사부터 하라고 지시했다.

다행히 영주가 된 후 위생에 신경을 쓴다며 수로를 판 덕분에 홍수를 잠시나마 막아 주고 있었다.

방어를 위해 파 두었던 해자도 큰 역할을 했다.

그럼에도 재앙은 멈추지 않았다.

가신들은 도시 곳곳으로 흩어져 물길을 트는 작업을 했다.

필요하다면 물막이를 사용해 물길을 틀어서라도 빗물을 빼야 한다.

아론과 레냐도 팔을 걷어붙였다.

"오빠! 제가 윈드로 빗물을 바깥으로 유도할게요!"

"부탁한다!"

레냐는 인력으로 불가능한 일을 했다.

바람의 방향을 바꾸는 것은 마법사가 아니면 할 수 없는 일.

되도록 영지 안으로 들어오는 바람의 방향을 바꾸기 위해 노력했다.

그녀는 대마법사가 아니었기에 비록 미약한 힘이었지만, 물막이 공사를 하는 와중이라도 물줄기의 흐름을 비틀어

주니 큰 도움이 됐다.

그렇게 몇 시간의 사투를 벌였을까.

"물이 빠집니다!"

"벌써?"

아까보다 빗줄기가 강해지지는 않았지만 여전히 집중 호수가 쏟아지고 있었다.

아론은 들인 노력에 비해 빠르게 효과가 보인다고 생각했다.

아니나 다를까.

"주군! 저길 보세요."

레미나 경의 손가락이 가리키는 곳으로 시선을 옮기자 한 무리의 병사들이 엄청난 속도로 공사를 하고 있었다.

말도 안 되는 속도로 삽질을 하는 것은 물론, 목재를 절단해 물막이 공사를 하는 솜씨도 예사롭지 않았다.

기계가 있다면 이러할까.

"제피드 브라이넌?"

"얼마 전까지 발몽 남작 휘하에 있었던 기사죠."

"제피드의 특기가 건축이었나?"

"저도 몰랐습니다."

기사였지만 훈련병으로 강등된 청년이었다.

지금 보니 머신처럼 공사를 해 나가는 것은 기사 출신 지휘관의 지시로 훈련병 전체가 한 몸이 되어 일하고 있었기 때문이다.

훈련병들은 홍수를 막기 위해 사투를 벌였다.

레미나 경은 한 가지 보고를 추가했다.

"방금 들어온 소식에 의하면 제피드 브라이넌은 집도 잘 짓는답니다."

"의외의 발견이군."

쏴아아아아!

제피드 브라이넌은 쏟아지는 비 때문에 눈을 뜨기도 힘들었다.

그건 다들 마찬가지였다.

그럼에도 신성 군주의 설교에 감명 받은 백성들은 천국의 상급을 위해 미친 듯이 움직였다.

이런 분위기에 돋보이기 위해서는 영혼을 갈아 넣어 일할 수밖에 없었다.

'자연재해는 오히려 기회다.'

제피드 브라이넌은 지난 며칠 동안 충성을 증명하기 위해 애썼다.

영지를 열심히 순찰하고 공사에도 동원되어 노동을 했다.

문제는 신심(?) 충만한 백성들이 상상을 초월할 정도로 일한다는 점이었다.

하지만 충성 경쟁이 과잉되어 아무리 일을 해도 티가 잘 나지 않았다.

그리고 오늘, 드디어 기회가 왔다.

하늘에 구멍이 뚫린 듯이 비가 쏟아지자 자연스럽게 홍수가 발생한 것이다.

빗물이 발목까지 차올랐기에 순식간에 무릎을 넘길 터였다.

거기에 홍수가 진행되면 재앙이 발생한다.

재해를 막을 수 있다면 필연적으로 눈에 띌 것이다.

"다들 하던 일이다. 할 수 있겠지?"

"예!"

훈련병 중에는 신성 군주가 말하는 천국의 보상에 공감하는 자들이 많았다.

꼭 종교적인 이유가 아니더라도 두각을 드러내야 할 이유는 충분했다.

제피드는 훈련병들과 함께 돋보이겠다는 각오로 미친 듯이 일했다.

훈련병 신분에서 하루라도 빨리 벗어나야 한다는 대의명분이 생기자 죄다 삽질하는 기계가 됐다.

'죽은 발뭉 남작이 고맙기는 처음이군.'

배수로 공사와 물막이 공사를 함께 진행하면서 제피드는 과거를 떠올렸다.

그는 최전방에서 근무하기 전부터 발뭉 남작과 마찰이 잦았다.

남작은 항상 백성을 갈취하고 병사를 무시했으며, 기사는 자신의 뒤처리를 해 줄 개로 알았다.

올곧은 신념을 가진 제피드 브라이넌은 종종 영주와 충돌하였으니 목이 날아갈 뻔한 적이 한두 번도 아니었다.

그때마다 제피드는 보직이 강등되어 건설을 지휘했다.

운이 좋은 건지 함께 삽질을 하고 있는 병사들도 제피드가 주관하는 공사에 많이 참여했다. 그렇게 오랜 시간 노동으로 단련된 경험과 요령이 이 순간에 빛을 발했다.

나무로 만든 삽으로 배수로를 넓히고 물길을 잡는다.

목책 보강을 위해 쌓여 있던 원자재를 잘라 물길을 잡는 물막이로 쓴다.

비가 잦아들자 빠른 속도로 수위가 내려갔다.

각 가정에 흙탕물이 들이쳐 난장판이 되었지만 수해로 인한 사망자는 보이지 않았다.

이 정도만 해도 홍수를 잘 방어했던 것이다.

그들의 노력은 영주도 알아주었다.

"제피드 브라이넌."

"예, 영주님!"

철퍽!

그는 흙탕물에 한쪽 무릎을 꿇고 머리를 조아렸다.

물길을 따라 온갖 오물들이 함께 흘러내리고 있었지만 전혀 개의치 않았다.

중세인들에게 이 정도 더러움은 익숙하기도 했고 말이다.

"고생했다."

"가, 감사합니다!"

제피드는 물론, 훈련병들의 가슴이 벅차올랐다.

처음으로 신성 군주에게 인정받는 순간이었다.

저벅. 저벅.

아론은 온통 흙으로 뒤덮인 거리를 걸었다.

재해가 휩쓸고 지나간 세상은 갈색으로 물들었다.

대처가 늦었다면 건물이 떠내려갔을 것이다.

지금은 흙탕물에 뒤덮인 거리와 집 안을 청소하고 가재도구만 씻으면 그만이지만, 조금이라도 대처가 늦었으면 대량의 사상자가 발생했을 터였다.

가뜩이나 인구도 모자라는데 홍수로 인명 피해를 입었다면 회복 불능의 타격을 입었을 것이다.

'게임이었으면 피해가 컸을 거야. 설교가 의외의 효과를 준 거다.'

무신론자의 입장에서 보면 미사는 쓸데없는 시간 낭비였다.

하지만 신성 군주의 입장이 되면 관점이 달라진다.

아론은 베일리의 유일한 사도라는 설정이었기에 설교가 정신 교육의 일환이 될 수 있다는 사실을 깨달았다.

군대를 가면 사람이 바뀌어 나오는 이유도 정신 교육 때문이었다.

오랜 시간 검증된 방법인 만큼 결과는 확실했다.

모든 백성들과 병사들이 미친 듯이 일해 홍수를 막아 냈다.

영지의 부속 마을들은 피해가 크겠지만 이만하길 천만다행이었다.

아론은 가신들을 불러 모은 후 도시를 살폈다.

비가 잠시 멎었을 뿐, 집중 호우가 또 쏟아질 기세였다.

이 와중에 제피드 브라이넌이 이끄는 공병대(?)는 도시 곳곳을 누비며 배수로 공사를 했다.

가신들은 공병대가 보이는 자리에 섰다.

어쩐지 저들의 움직임이 더 빨라진 것 같았다.

"경들은 제피드 브라이넌의 능력을 어떻게 보나."

"활용해야 한다고 생각합니다."

마이어 경이 즉답했다.

그는 제피드의 공사 능력을 진즉에 살펴보고 있었다.

'자신들의 존재를 증명하기 위해 무리한 것이겠지만, 시공 능력을 보면 하루 이틀 공사해 본 솜씨가 아니다.'

마이어는 그리 확신했다.

제피드 브라이넌이 어떤 삶을 살아왔는지 짐작도 됐다.

그 꺾이지 않는 성격에 영주와 충돌이 잦았다면 온갖 고생을 다하며 살았을 터.

영지에는 그런 신념을 가진 인재가 필요했다.

"허나 가신으로 바로 들이는 것은 무리다."

"그 부분은 공감합니다. 제피드 브라이넌에게 임시 행정직을 내려야 한다고 봅니다."

"임시 행정직이라."

영지에는 건설부가 없었다.

대영지에는 그런 부서가 있을지 몰라도 오라클 영지 같은 시골에서는 건설부를 돌려야 할 만큼의 큰 공사가 터지지 않았다.

하지만 앞으로는 다를 것이다.

"영지가 팽창할수록 건설부의 필요성이 대두될 것입니다. 마침 소질 있는 인재가 나타났으니 쓰지 않을 이유가 없습니다."

"다들 같은 생각인가."

"마이어 경의 말에 동감입니다."

"저야 뭐, 주군의 뜻에 따르는 거죠."

아론은 마지막으로 레미나 경을 바라봤다.

건설부는 행정 관료 보직이다.

영지의 행정을 총괄하는 레미나 경 휘하에서 일하게 될
것이니, 행정부 수장의 말도 들어 봐야 했다.

"최대한도로 굴리겠습니다!"

"결정됐군."

만장일치로 제피드 브라이넌은 영지의 건설 부장으로 내
정됐다.

[25:13:11]

아직 해가 뜨지 않은 새벽.

아론은 두 시간 정도 토막 잠을 자고 일어났다.

침공까지 하루 남은 상황이라 잠이 오지 않았다.

솨아아아!

"다시 시작됐군."

잠시 멎었던 비가 다시 쏟아졌다.

이대로 내일 전투가 끝날 때까지 쭉 비가 내릴 것이다.

아론은 뺨을 쳐서 정신을 깨운 후, 테라스를 열었다.

비바람이 몰아쳤다.

홍수가 날 만큼의 폭우라 영지가 물에 잠기지 않았을지
걱정됐다.

건설 부장으로 제피드 브라이넌을 내정했고, 이 소식에
탄력을 받은 훈련병들이 힘을 내 하루 종일 고생했지만 홍

수는 인간의 힘만으로 막기엔 버거웠다.

악몽 같은 자연재해와 다시 사투를 벌여야 할 수도 있었기에 바로 영지를 점검해 보기로 했다.

준비를 하고 밖으로 나오자 어슴푸레 주변 환경이 비쳐졌다.

아론은 반투명한 창을 통해 시간을 가늠했다.

[24:10:52]

'내일 오전 6시 정도에 웨이브가 시작되겠군.'

항상 눈앞에 떠 있는 숫자 때문에 압박을 받지만, 시간이 정확하지 않은 중세에는 꽤나 큰 도움이 됐다.

찰팍!

영주성에서부터 배수로를 따라 빗물이 흘렀다.

비가 거세질 때는 발목까지 수위가 차오르지만, 조금이라도 약해지면 바로바로 배수가 되어 내려갔다.

어마어마한 노력의 흔적이었다.

통행로 좌우에 배수로가 깊게 있었으며, 따로 물막이 공사를 하여 한쪽으로 빗물이 빠지도록 유도했다.

성벽으로 발길을 돌리자 여전히 삽질에 전념하고 있는 훈련병들이 보였다.

그들을 지휘하는 청년의 목소리가 쩌렁쩌렁하게 울렸다.

"마지막이다! 여기서 잘못하면 지금까지의 공사가 헛될 수 있으니, 마지막까지 최선을 다해라!"

"예, 부장님!"

제피드 브라이넌과 그를 따르는 훈련병들은 어제보다 더욱 열심히 일했다.

건설 부장은 급조한 보직이었다.

가신의 직위도 아니었으며, 신분은 잭슨보다 낮았다.

그럼에도 감투가 이렇게 중요하다.

아론은 어제 제피드를 건설 부장으로 임명했던 순간을 떠올렸다.

[제피드 브라이넌을 건설 부장으로 임명한다. 지금은 임시직이지만 더욱 분발해 정식 직함을 달도록 하라.]

[뼈가 가루가 되도록 일하겠습니다!]

[맡겨만 주십시오!]

흙탕물에 머리를 박으며 각오를 다지던 훈련병들의 표정이 생생하다.

그들의 각오가 거짓은 아니었던지 밤새도록 일해 배수로를 완벽하게 만들었다.

'인간은 희망을 품고 살아가는 존재지. 죄인에게 작은 희망을 던져 주면 능률이 폭발적으로 올라간다.'

영지 훈련병 겸, 건설부 직원(?)들은 끝내 마지막 배수로를 성벽 밖으로 연결했다.

빗물이 더욱 빠르게 해자로 흘러갔다.

이쯤 되면 해자도 넘쳐흐르기 마련이라 강과 연결하는 공사도 필요했다.

그 작업은 어제 백성들이 달라붙어 해결했기에 본령이 비에 잠기는 일은 없다고 봐도 무방했다.

비록 죽을힘을 다해 구한 마을들은 반파됐겠지만 이 난리가 지나간 후 복원하면 된다.

건설부가 지금과 같은 텐션을 유지한다면 금방 복원될 것 같기도 했고.

아론이 모습을 드러내자 공사를 끝낸 훈련병들이 한쪽 무릎을 꿇었다.

"영주님을 뵙습니다!"

쿵!

제피드 역시 빠르게 달려와 무릎을 꿇었다.

다들 우비는커녕 맨몸으로 일했다.

여름이라도 장마철이라 비에 오래 노출되면 감기가 들 테지만, 이들의 몸에서는 김이 피어오르고 있었다.

열심히 일했다는 증거다.

"고생했다."

"아닙니다! 건설부에 배속되었으니 당연한 일입니다!"

"다들 가서 쉬도록. 건설 부장은 10시에 예정되어 있는 회의에 참석한다."

"예?"

"불가한가?"

"아, 아닙니다!"

쿵!

제피드는 바닥에 머리를 박았다.

얼마나 세게 부딪쳤는지 머리에서 피와 빗물이 섞여 줄줄 흐를 지경이었다.

"늦지 말도록."

아론은 그대로 몸을 돌렸다.

"와아아아!"

뒤늦게 환호성이 터졌다.

기사 출신 제피드 브라이넌을 회의에 참석시켰으니, 그만큼 인정을 받았다는 뜻이다.

아론은 제피드의 능력과 훈련병들의 열정에 감탄했다.

건설부가 실적을 달성할 때마다 인정해 주는 것은 어렵지 않다.

칭찬하는데 돈이 드는 것도 아니었으니까.

콰르르릉!

오전 10시.

이제 천둥 번개까지 쳤다.

짙은 먹구름이 깔려 끊임없이 비를 쏟아붓는 광경을 보니, 세상의 종말과 썩 잘 어울렸다.

높은 습도 때문에 곰팡내가 진동하는 가운데 회의가 시작됐다.

"폭우는 내일 웨이브가 끝날 때까지 지속된다."

"⋯⋯!"

아론의 말에 가신들의 눈동자가 떨렸다.

올해 장마철에 비가 유난히 많이 내리는 것은 악신의 개입이라 볼 수 있었기 때문이다.

"내일 오전 6시에 적이 침공한다. 장소는 바란테 요새다."

바란테 요새는 현재 파이온 자작이 점령했다.

단순히 점령하는 것을 넘어 어떻게든 가문의 땅으로 굳히기 위해 복원 작업을 시작했다.

작업을 위해 수백에 달하는 인력이 동원됐다는 보고가 있었다.

군대도 200명이나 주둔하고 있었으니, 아예 작정했다고 볼 수 있었다.

"그 멍청한 작자는 내일 죽겠습니다."

말도르 경이 살기를 드러냈다.

모든 기사들이 마찬가지였다.

작전에 따라 영토를 잠시 '임대' 해 준 것이지만, 파이온 자작이 대놓고 오라클 가문을 노린다는 사실이 드러났기 때문이다.

그나마 내일 무슨 일이 벌어질지 다들 알고 있었기에 역정을 내지는 않았다.

"내일 웨이브는 우중 전투가 될 것이다. 각오 단단히 하도록."

"작전이 있습니까?"

마이어 경이 조심스럽게 물었다.

아론은 고개를 끄덕였다.

"웨이브는 바란테 요새 동쪽에서 일어난다. 우리는 서쪽 성벽 밖에서 대기하다 자작군이 무너지는 즉시 들어간다. 기병대는 아군 보병이 요새로 입성하는 순간, 마물 군단의 옆구리를 타격해 시간을 번다."

"저도 화력 지원을 할게요!"

레냐가 손을 번쩍 들었다.

그 작은 몸집으로 커다란 지팡이를 들고 있는 모습이 상당히 귀엽다.

기사들의 입가에 절로 삼촌 미소가 지어졌다.

아론이 레냐의 머리를 쓰다듬으며 말했다.

"고마운 말이지만 바람 계열 마법으로는 적들에게 큰 타격을 줄 수 없다."

"아니에요! 어제 라이트닝 볼트를 익혔거든요!"

"버, 벌써?"

"아가씨, 많은 도움이 되겠습니다!"

"헤헤, 그렇죠?"

기사들의 입에서 즉답이 튀어나왔다.

아론 역시 폭우가 쏟아지는 가운데 전격계 마법이 작렬하면 어떤 일이 벌어지는지 알고 있었다.

1서클 마법이라도 우습게 보면 안 된다.

마법에는 상생이라는 것이 있다.

물 위에 전격계가 쏟아지면 막대한 시너지가 발생한다.

"반드시 후방에서 지원하도록 해."

"네!"

"내일 전투에 투입되기 위해서는 목책이라도 두르고 대기해야 한다. 완벽할 필요는 없으니 현지의 자재로 급조한다. 최소한의 방어력을 얻는 것이 목적이지. 이 임무는 건설 부장에게 맡긴다."

"마, 맡겨만 주십시오!"

쿵!

제피드는 엄청난 기세로 바닥에 머리를 박았다.

피가 사방으로 튀었다.

제피드의 입장에서는 충성심을 증명하기 위해 노력하는 것이겠지만 너무 무식한 행동이었다.

물론, 이 야만의 시대에 기사들은 별로 신경 쓰지 않는 것 같았지만.

회의가 끝난 후 제피드 브라이넌은 바로 훈련병들을 깨웠다.

고작 3시간 정도 자고 일어난 그들은 피곤해 보여도 눈빛만큼은 살아 있었다.

"중요한 임무가 떨어졌다."

"정말입니까?"

"진정한 기회가 온 거야. 이 임무 때문에 내가 가신단 회의에 참석한 것만 봐도 그렇지."

"무슨 임무입니까?"

훈련병들은 건설부가 정식 부서로 인정받는 것이 중요했다.

임시 딱지를 떼게 되면 군주가 그들을 보는 눈이 바뀔 것이다.

신분을 회복하기까지는 먼 길이었지만 한 걸음씩 나아가다 보면 목표에 도달하는 순간이 분명히 온다.

"내일 웨이브가 온다. 장소는 바란테 요새. 우리는 요새 서쪽에서 대기하는 병사들을 보호하기 위해 목책을 짓는다."

"단순한 목책이면 됩니까? 서쪽에서 웨이브가 온다고 하니 한쪽 면만 막으면 되겠군요?"

"맞다."

"어렵지 않겠습니다."

"하지만 그래서야 뭔가가 부족하지."

"예……?"

제피드는 훈련병과 작당 모의(?)에 들어갔다.

단순히 적의 움직임을 방해하는 정도의 목책을 짓는 것은 파이온 자작의 입장에서 볼 때 전혀 위협이 되지 않는다.

목책의 수준을 넘는 임시 성벽을 건설해야 한다.

하루 만에 뚝딱 임시 성벽이 생겨난다면 위협을 느낀 파이온 자작은 더욱 병력을 증원할 수밖에 없을 것이다.

작전을 듣던 훈련병들이 엄지를 척 올렸다.

"자연스럽게 파이온 가문에 피해를 강요할 수 있겠습니다!"

"자작이 최대한 많은 적을 상대해 줄 것이니 아군의 피해가 줄겠군요!"

"그게 핵심이지. 우리가 주군의 명령을 어기는 것도 아니고."

작전에 문외한인 훈련병도 있었지만, 나름 머리가 트인 훈련병도 있었다.

주로 고참 병사들이 참여해 작전을 세밀하게 손봤다.

오랜 시간 전장에서 구르다 보니 어떤 일이 발생했을 때, 어떤 인과가 발생하는지 인지하고 있는 것이다.

문제는 작전에 성공하려면 그럴싸한 목재 성벽을 하루 만에 완성해야 한다는 점이었다.

"우리의 목표는 튼튼한 성벽을 만드는 것이 아니다. 약간의 방어력을 갖추고 있으면서도 적에게 위협을 줄 정도면 된다."

"설계도가 있습니까?"

"이런 식으로 만든다."

촤악!

제피드 브라이넌은 설계도를 폈다.

튼튼한 기둥을 박고 그 사이를 통나무로 채운다.

바깥의 기둥과 안쪽의 기둥을 끈으로 연결하면 나름 효율적이고, 빠른 나무 성벽을 쌓을 수 있었다.

설계를 하고 보니 제법 튼튼할 것 같기도 했다.

"성벽을 받칠 수 있는 기둥만 신경 쓰면 훌륭할 것 같습니다!"

목수 출신 훈련병들이 설계도를 보강한다.

기왕 만드는 것, 조금이라도 튼튼하게 만들면 좋다.

완성된 설계도를 보니 하루 만에 작업할 수 있는 양은 결코 아니었다.

하지만.

"우리는 그 쓸모를 증명할 것이다!"

"오오!"

꿈이 있는 자들에게 불가능은 없다.

오라클 영지 최전방.

며칠 전까지만 해도 최전방은 바란테 요새였다.

하지만 바란테 요새는 파이온 자작에게 잠시 임대(?)되면서 오라클 영지의 영토는 뒤로 약간 밀려났다.

바란테 요새에서 대략 300미터 정도 떨어진 곳에 요새급의 건축물이 들어서고 있었다.

이 시대 화살의 최대 사거리가 250미터라는 것을 생각하면 정말 코앞에 새로운 요새가 들어오고 있는 것이다.

오후가 되어 빗줄기가 조금 잦아진 가운데 건설부 직원들이 엄청난 속도로 공사를 이어 가고 있었다.

몇 시간 만에 기둥을 만들어 박고 어설프지만 성벽의 형태를 만들었다.

시찰을 나온 아론은 이 엄청난 광경을 보며 깜짝 놀랐다.

'카이사르의 이중 요새!?'

그는 눈을 비볐다.

로마 시대 율리우스 카이사르가 종종 만들어 썼던 목재 요새와 비슷해 보이지만 어딘지 모르게 좀 어설펐다.

건설부에 주어진 시간을 생각하면 당연한 일이다.

요새는 하루아침에 뚝딱 건설되는 것이 아니다.

200~300명이 머물 공간이면 최소한 며칠은 걸리기 마련이었다. 대충 만든다고 해도 말이다.

이 정도 속도는 경이롭다.

"장난이 아닌데."

"파이온 자작을 자극해 더 많은 병력을 배치하도록 하기 위한 전략 아닐까요?"

"······!"

칼슨 경은 빠르게 완성되어 가는 요새를 보자마자 건설 부장의 의도를 파악했다.

그 의도를 짐작하게 되자 아론은 속으로 꽤 놀랐다.

'NPC는 결코 이 정도 AI 성능을 보이지 않았다.'

이곳은 현실.

훈련병들에게 희망을 심어 주자 다들 건설 기계처럼 일했다.

그들을 이끄는 제피드 브라이넌은 뛰어난 아이디어를 내기까지 했다.

아론이 보기에도 꽤 위협적이었기에 그걸 마주하고 있는 파이온 자작은 엄청난 압박감을 느낄 것이다.

이쪽의 의도가 무엇인지 복잡하게 생각하고 있을 터.

두두두두!

아니나 다를까.

바란테 요새에서 백기를 든 전령이 달려오고 있었다.

"주군, 파이온 자작이 항의할 것이 뻔한데 어찌할 생각이십니까?"

"어찌기는? 건설 부장이 기막힌 아이디어를 냈는데 어울려 주어야지."

찰팍! 찰팍!

젠트라 오마르는 발목 이상으로 차오른 물길을 헤치며 나아갔다.

며칠 전부터 쏟아지기 시작한 비에 요새가 물에 잠길 지경이었다.

재해를 막기 위해 파이온 자작은 대량의 인부를 영지에서 끌어왔다.

홍수와 사투를 벌이던 젠트라의 눈에 오라클 가문의 수상한 행동이 들어온 것은 3차로 인력이 충원됐을 때였다.

조금 비가 잦아든 틈을 타서 웬 요새가 급작스럽게 지어지고 있었다.

깜짝 놀란 젠트라는 자작에게 이 사실을 보고했다.

[요새를 짓고 있어?]

[예! 갑자기 생긴 것을 보니 전부터 계획하고 있었던 것으로 보입니다.]

[남작이 싸우기 싫어 바란테 요새를 넘긴 것 아니었나? 도대체 그 인간은 뭐 하는 짓이지?]

자작과 기사들은 도저히 오라클 남작의 의도를 이해할 수 없었다.

영지의 영토를 넘긴 것을 후회하더라도 마음을 바꾸기까지 한 달은 걸리지 않을까?

그런데 이 인간은 요새를 넘긴 지 며칠도 되지 않아 발작을 일으켰다.

자작 가문의 가신들은 억지로 그 의도를 끼워 맞출 수밖에 없었다.

[소수의 아군을 다 무너져 가는 바란테 요새에 몰아넣고 각개 격파하려는 의도가 아니겠습니까?]

[남작의 병력으로 그게 가능한 일인가!]

[그게 아니라면 지금의 행동을 이해할 수 없습니다.]

[결국 오라클 남작도 군주라는 뜻이겠지. 요새를 발견한 장본인이 젠트라 경이니 경이 가서 남작의 의도를 알아보라!]

[명을 받듭니다!]

젠트라는 만사를 젖혀 두고 전령으로 나섰다.

그는 여기까지 오는 동안 심각하게 고민해 봤지만 역시 남작이 무슨 생각을 하는지 알 수 없었다.

광증이라도 생긴 건지, 정말 영지전을 계획하는 것인지는 아직 파악되지 않았다.

젠트라가 새롭게 건설되고 있는 요새에 방문했음에도 이놈의 공병들은 건설을 멈추지 않았다.

'미친 속도다.'

50명의 공병이 광기에 휩싸인 채 막노동을 하고 있었다.

인간이 이런 움직임을 만들어 낼 수 있을까?

파이온 요새에는 이보다 숫자가 훨씬 많은 300명이 노역하고 있었지만 이만한 속도가 나오지 않았다.

그마저도 강제로 채찍을 쳐야 말을 들어먹었는데, 이곳의 노동자들은 광전사라도 되는 듯 일에 매진하고 있었다.

젠트라가 도착하자 공사 책임자가 모습을 드러냈다.

"단장님께서 어쩐 일이십니까?"

"당장 파이온 가문에 대한 적대 행위를 멈추라!"

"어째서요?"

"어째서라니!? 며칠 전에 남작은 이 땅을 우리 가문에 되돌려 주었다. 군주들의 서약으로 맺어진 협약을 파기할 셈인가!"

"이해할 수가 없군요. 영주님들이 협약하신 부분은 딱 바란테 요새까지입니다. 새롭게 국경선이 정해졌으니 경계선을 설치하는 것뿐입니다만."

"미친……! 이게 경계선이라고!? 요새가 아니라?"

"보시죠. 전방만 막고 있을 뿐이지 나머지는 목책을 둘렀습니다."

"헛소리 말아라. 이건 명백한 적대 행위다!"

젠트라는 사정없이 공병들을 압박했다.

하지만 그 행위는 오래가지 못했다.

척!

"……!"

목덜미가 싸늘했다.

아무리 비가 많이 내려도 검이 닿는 감각을 기사가 모를 리 없었다.

뒤에서 오라클 영주의 목소리가 들려왔다.

"당장 꺼지도록. 이 이상의 행위는 전쟁으로 간주한다!"

"허어……!"

오라클 남작이 검까지 뽑자 젠트라는 더욱 상황을 이해할 수 없었다.

조약서에 아직 잉크도 마르지 않았다.

애초에 이 땅을 넘긴 이유가 싸우기 싫다는 남작의 강경함 때문이었다.

그런데 며칠 지나지도 않아 파기하려 한다고?

'전쟁 준비가 확실하다. 처음부터 그런 의도가 깔려 있

었던 거야.'

"이 문제를 결코 좌시하지 않을 것입니다."

"원하던 바다."

방금 전까지 신(新) 요새 안에서는 광기가 흘렀었다.

아론은 일을 크게 벌이기 위해 광인처럼 행동했다.

누가 봐도 전쟁을 준비하는 사람처럼 전령에게 칼을 들이댔던 것이다.

전령으로 온 기사는 입술을 짓씹으며 돌아갔다.

폭풍과 같은 시간이 지났다.

건설 부장 제피드를 포함한 모든 훈련병들이 무릎을 꿇고 고개를 조아렸다.

"죄송합니다, 영주님! 제가 보고도 하지 않고 일을 크게 벌인 듯합니다! 저는 파이온 자작을 조금 자극해 병력이 증원되기를 바란 것이었습니다만……."

"그대는 명령에 따른 것뿐이다. 목책보다 조금 튼튼하고 크게 지은 것 아닌가."

"그, 그렇기는 하옵니다."

"매우 뛰어난 책략이었다. 바란테 요새에 병력을 증강시키는 목적이라면 군주가 나서서 깽판을 치는 것만큼 확실한 행동이 없다."

"알아주시니 감사할 따름입니다."

"계속 고생하도록."

"예!"

멈추었던 건설이 재개됐다.

아론의 칭찬을 받은 건설부 직원들은 더욱 바쁘게 움직였다.

지금까지도 엄청난 속도라고 생각했었는데, 이제는 요새를 찍어 낸다고 해도 무방할 수준이었다.

함께 그 광경을 바라보고 있던 칼슨 경이 혀를 내둘렀다.

"요새의 설계도 뛰어나지만, 그걸 이해하고 이토록 합을 잘 맞추는 병사들도 불가사의할 정도네요."

"인간의 욕망을 잘 파고들어야 잘 쓸 수 있는 법이지."

"욕망이요? 저들에게는 어떤 욕망도 보이지 않았는데."

"어디 부귀영화를 누려야만 욕망인가. 신분을 회복하고자 하는 마음만큼 강한 욕망이 어디 있다고."

"역시 주군께서는 인간의 마음을 꿰뚫어 보시는군요! 그 심계에 정말 감탄했습니다."

"내게 아부해 봐야 나올 것도 없다."

"하하! 아부라니요? 저는 그저 사실을 말씀드린 것뿐입니다!"

아론은 몸을 돌려 엄청난 속도로 뚝딱 만들어지고 있는 요새를 둘러봤다.

그야말로 일품이었다.

'기사가 공사를 이렇게 잘해도 되는 건가? 이러면 현장에서 굴리고 싶어지는데.'

바란테 요새.

파이온 자작은 오매불망 젠트라 경이 돌아오기만을 기다렸다.

도저히 오라클 남작의 의도를 파악할 수 없었기 때문이다.

남작이 이토록 부자연스럽게 행동하는 이면에는 반드시 어떠한 의도가 깔려 있을 것이다.

바야흐로 야만의 시대.

법과 질서는 무너지고 강자가 약자를 포식하는 세상이었다.

전쟁을 벌이면 파이온 자작이 좀 더 유리하지만, 수 싸움에서 패배하면 약간의 유리함은 금방 불리함으로 바뀐다.

펄럭!

불안감이 절정에 이를 즈음, 전령으로 갔던 젠트라가 복귀했다.

"다녀왔습니다, 주군!"

"그쪽 분위기는 어떤가?"

"전쟁을 준비하는 것이 틀림없습니다!"

"전쟁을 준비하고 있다?"

"오라클 남작이 군대를 이끌고 왔습니다."

젠트라는 그곳에서 있었던 일을 설명했다.

조약을 근거로 요새를 철거할 것을 요구하였으나, 갑자기 영주가 나타나 칼을 들이대며 협박했다는 것이다.

이야기를 듣던 파이온 자작은 기가 막혔다.

"남작의 결심이 확고한 듯하다."

파이온 자작의 눈매가 매서워졌다.

국왕이 주권을 포기했다는 서신이 도착했을 때부터 파이온 자작은 왕국을 꿈꾸었다.

그런 꿈을 자작만 꾸었다고 생각하면 큰 오산이다.

시골 벽지 남작이라도 야망은 있었다.

"오만한 놈이군. 제깟 놈이 감히 왕국을 꿈꾸다니."

"짓밟아야 합니다."

남작의 의도를 파악하니 머리가 맑아졌다.

도저히 이해되지 않던 행동들이 딱딱 맞아 들어가는 것이다.

작위는 파이온이 높았지만 대침공이 거듭되며 병력이 많이 줄었다.

사실상 남작과 군사력 차이는 크지 않을 것이니, 모든 것을 걸고 오라클 가문을 쓸어버려야 한다.

"최소한의 병력만 남기고 전부 동원한다."

"징집은 어찌시겠습니까?"

"이곳에서 일하는 인부 전원을 편입시킨다."

"바로 이행하겠습니다!"

아론이 전 병력을 동원함에 따라 파이온 자작도 대거 병력을 끌고 왔다.

아군은 정규군과 징집병을 합쳐 300이다.

파이온 자작은 정규군 300명에 징집병 300명을 합쳐 총 600명이나 되는 대군을 조직했다.

양측은 첨예하게 대립했으나 전투는 벌어지지 않았다.

야밤에, 그것도 비가 이렇게 쏟아지는데 가운데 전투를 벌이는 것은 양쪽이 자멸하는 행위였다.

전투가 벌어진다면 내일 아침이 될 터.

[07:01:46]

물론 인간들의 전투는 없을 것이다.

자작이 침공하는 것보다 웨이브가 오는 것이 더 빠를 테니까.

투두두두두!

빗방울이 막사에 부딪쳐 튕겨져 나갔다.

지구에서 살던 시절이라면 낭만이라고 생각했겠지만 지금은 바짝 날 선 긴장만 느껴졌다.

'이번 보상은 꽤 짭짤할 거야.'

파이온 자작이 600명이나 동원해 대부분의 적을 막아 줄 것이다.

결국은 무너지겠지만 아론이 마무리하면 된다.

디펜스 워의 난이도를 생각하면 손쉽게 클리어할 수는 없어도 항상 전멸을 각오했던 것에 비하면 상황이 좋았다.

"주군!"

"무슨 일인가."

비에 흠뻑 젖은 칼슨이 막사를 찾아왔다.

"젠트라 오마르 단장이 왔습니다."

"이 야밤에?"

"마지막 경고의 의미가 아니겠습니까?"

"쯧, 그 인간들은 양심도 없나. 사람이 다 자는 이 시간에."

"그냥 돌려보낼까요?"

"아니. 여기까지 왔으면 놀려 줘야지."

칼슨이 씩 웃고는 막사 앞에서 대기하고 있던 젠트라 오마르를 데려왔다.

이미 첨예하게 대립하고 있는 상황이었다.

누가 봐도 내일 영지전이 벌어질 분위기였다.

젠트라의 얼굴도 긴장에 휩싸여 있었다.

"남작님! 정말로 전쟁을 벌이실 겁니까?"

"아닌데?"

"……."

젠트라의 얼굴이 기괴하게 뒤틀렸다.

장난이라 여기는 것이 틀림없었다.

"병력을 이렇게 동원해 놓고 전쟁의 의도가 없다고 하시다니요? 저를 놀리시는 겁니까?"

"내가 한가해 보이나."

"영지전의 의도가 아니라면 이토록 많은 병력을 동원하신 이유가 무엇입니까?"

"근처에 토벌을 나왔다가 잠시 들른 것뿐이다. 자작께서 불편해하시면 내일 바로 병력을 빼도록 하지."

'이런 정신병자 새끼가!'

젠트라 오마르는 몸을 부들부들 떨었다.

장난을 쳐도 도가 지나치다고 여긴 것이다.

아론은 젠트라를 보며 씩 웃었다.

"나는 결코 파이온 가문과 적대할 생각이 없다. 군주의 명예를 걸고 약속하지."

그 말은 사실이었다.

파이온 가문은 내일 마물들과 싸워야 하는 귀한 전력이었다.

그러니 그들과 직접 칼을 맞대는 일은 절대 벌어질 수 없었다.

젠트라는 결코 믿지 않았지만.

'군주의 명예는 똥통에 처박았나? 왕국이 무너지니 별 미친놈이 다 설치는구나!'

젠트라는 아론이 명예를 운운하는 것은 말도 안 된다고 생각했다.

괜히 경고를 위해 찾아온 그는 정신이 탈탈 털린 채 돌아갔다.

그 뒷모습을 바라보던 칼슨이 파안대소했다.

"하하하! 저 멍청한 놈!"

"이 정도 놀렸으면 됐다. 경도 돌아가서 쉬도록 해라. 내일 아침부터 바쁠 거야."

"예, 주군! 편히 쉬십시오!"

모두가 잠들자 아론 역시 쓰러져 체력을 보충했다.

그리고 다음 날 아침.

하늘에서 검은 비가 쏟아졌다.

『디펜스 게임의 군주가 되었다』 2권에서 계속